世界各地

5 美元 $

Translated to Chinese from the English version of
Around the World in 5 Dollars

Dr Binoy Gupta

Ukiyoto Publishing

所有全球出版权归

Ukiyoto Publishing

2024 年出版

内容版权所有 © Binoy Gupta 博士

ISBN 9789367953532

版权所有。

未经出版商事先许可，不得以任何形式（电子、机械、影印、录音或其他方式）复制、传播或存储本出版物的任何部分。

作者的精神权利已得到维护。

本书出售时须遵守一项条件，即未经出版商事先同意，不得以任何形式的装订或封面（除出版时的形式外）通过贸易或其他方式出借、转售、出租或以其他方式传播。

www.ukiyoto.com

感谢 Ukiyoto 为所有作者提供的支持。

内容

介绍	1
从甘戈特里到恒河萨加尔的恒河故事	3
孙德尔班斯 - 世界上最大的三角洲	10
恐龙和化石	17
拉达克——神秘的冰雪之地	24
印度国家公园和野生动物保护区	31
安达曼和尼科巴群岛——热带天堂	42
维多利亚——加拿大最美丽的城市	49
阿拉斯加斯卡圭	55
泰国沙美岛	61
马来西亚兰卡威岛	67
悉尼——澳大利亚的展示地	73
关于作者	79

介绍

无论一个人多么久坐或懒惰，事实上，这个世界上的每个人都是旅行者。太空中没有任何事物是静止的。我们的地球也在运动。地球上的陆地在不断运动，我们所有人都在随之不断运动。

除此之外，纵观历史，人类一直喜欢前往遥远、奇异的地方，这些地方大多是未知的。当时的旅行既困难又危险——充斥着未知的海上危险、敌对的当地人和海盗、疾病、野生动物等。但是，如果没有早期勇敢的旅行者，世界就不会被完全探索，新的地方就不会被发现，新的国家就不会出现和有人居住。

由于互联网、移动设备和其他通讯手段的存在，如今的旅行变得更加便捷和容易。最新信息可轻松获取。

然而，令人惊讶的是，我们对如此多不同的地方知之甚少。我们大多数人确实会旅行，可能每年一次或多次，去同样人迹罕至的地方。

我有幸参观过各种各样的地方。我去过的每一个地方都会让我深深沉浸其中。当我参观化石公园时，我感觉仿佛回到了另一个时间和时代。我仿佛看到自己行走在恐龙中间。我相信这是一份独特且罕见的礼物，但它使旅行变得更加愉快。

参观过任何有趣的地方后，我通常都会写一篇关于它的游记。这些游记几乎在印度所有的主要报刊杂志、机上杂志、RCI 杂志，甚至国外都发表过。

在这本书中，我没有写如何到达不同的地方、在哪里住宿、吃什么、看什么。这些细节不断变化，最新信息可在互联网上免费获取。您可以通过互联网以有竞争力的价格在线预订航班和酒店。尽量避开旺季，如果可能的话，提前做好计划。

我试图让读者了解一些他可能永远不会去的地方。让读者了解自己在忙碌的日程中可能会错过什么。读完这本书后，当你参观化石公园时，你就会知道什么是化石。当你参观国家公园时，你就会知道什么是国家公园。当您参观吉尔国家公园时，您会了解朱纳加德的纳瓦布如何帮助保护亚洲狮。当您参观像恒河萨加尔这样的宗教圣地时，您会了解它的过去和宗教重要性。

我在书中介绍了我在阿拉斯加游轮之旅中访问过的城市，这是我旅行中的终极体验；还有我去南半球——世界另一端——的澳大利亚的旅行。当然，我也包括了去泰国和马来西亚的旅行，因为这些是最容易到达的地方，我们印度人喜欢去。

这本书不仅仅是一本简单的旅行书。它将带领读者参观我曾经访问过并享受过的几个有趣的地方，从而带来有益的教育。

孩子和家长都会发现这些内容有趣、信息丰富、富有教育意义。和我一起享受这次旅程。

从甘戈特里到恒河萨加尔的恒河故事

如果恒河死了会发生什么？
我问过的许多印度人都对恒河不会消亡的问题不以为然，但承认他们担心污染问题。
一位在恒河岸边生活了18年的妇女勇敢地说道："如果恒河死了，我们都会死。社会就会消亡。"

皮特·麦克布莱德

印度教徒视恒河为一条非常神圣的河流。恒河在印度教最早、最神圣的经典《梨俱吠陀》中被提及。恒河被视为众神之母。它将喜马拉雅山的水经过平原一直带到印度洋。

神话——恒河的故事

恒河居住在天界。我会给你们讲述恒河降临人间的故事。罗摩神的祖先、伊克斯瓦库王朝的统治者萨加尔国王决定按照圣人奥瓦的指示，举行阿什瓦梅达祭祀活动。人们相信，举行 100 次 Ashwamedha Yagnas 就能让一个人统治整个地球。萨加尔国王决定举行 Aswamedha Yagna。作为此仪式的一部分，他派一匹白马走遍世界各地，看看是否有人会捕获这匹马并阻止其前进，以挑战他的权威。因陀罗大神是唯一完成过 100 次 Ashwamedha Yagna 的人，他担心自己会失去对凡人的优越感。

他决定不择手段阻止这场祭祀。他偷了萨加尔国王的马，并将其拴在帕塔拉洛卡（即冥界）圣人卡皮拉牟尼的修行所。

萨加尔国王等待这匹马很久了。但它再也没有回来。萨加尔国王因马匹未能归来而十分担心，便派他的六万个儿子去寻找并把马匹带回来。他们走遍了世界各地寻找这匹马，但无功而返。

萨加尔国王的儿子们挖开了泥土，想看看是否有可能在帕塔拉洛卡找到这匹马。他们发现了一个山洞，里面有一位圣人，正深沉地打坐，对周围的环境浑然不知。儿子们误以为圣人是偷马的小偷。他们走近圣人并攻击他。圣人是卡皮拉·穆尼 (Kapila Muni)，他是毗湿奴神的化身。

卡皮拉·穆尼被这一切骚动所扰，睁开了眼睛。结果，萨加尔王的六万个儿子全部因为他巨大的苦行力量而化为灰烬。萨加尔国王得知这个噩耗，十分悲痛。但 Aswamedha Yagna 必须继续并完成。

萨加尔国王陷入了困境。他别无选择，只能委派他最喜爱的孙子阿姆苏曼塔去把马带回来。Amsumantha 非常乖巧、听话。他循着前人的脚步和道路，来到了圣人苦修的同一个山洞。但与他的前辈不同，他能够认识到圣人和化身的伟大。

他称赞圣人卡皮拉·穆尼是宇宙保护者毗湿奴神的化身。他讲述了他的前任们试图攻击他是多么的错误。他讲述了萨加尔国王 (King Sagar) 举行的 Aswamedha Yagna 并请求卡皮拉·牟尼 (Kapila Muni) 允许他取回这匹马。圣人卡皮拉穆尼 (Kapila Muni) 对阿姆苏曼塔 (Amsumantha) 的谦逊和良好举止印象深刻，祝福他并请他夺回马匹以成功完成 Aswamedha Yagna。Amsumantha 带回了马，此后 Aswamedha Yagna 顺利完成。

由于没有举行最后的仪式，萨加尔国王儿子的灵魂就像鬼魂一样在四处游荡。卡皮拉·牟尼告诉阿姆苏曼塔，他的前辈们已经化为灰烬，只有恒河冲洗他们的骨灰，他们才能获得救赎。萨加尔国王试图将恒河拉回到人间。他失败了。然后安舒曼（那六万个儿子的侄子）向梵天祈祷，希望他把恒河带到人间，但他也失败了。然后他的儿子迪利普尝试了。他也失败了。

当迪利普之子萨加尔（Sagar）的后代巴吉拉塔（Bhagiratha，意为辛勤工作的人 - 他因将恒河带到人间而付出的辛勤工作而得名）得知这一命运时，他发誓要将恒河带到人间，以便恒河之水能够净化他们的灵魂，并将他们释放到天堂。

巴吉拉塔向梵天祈祷，让恒河降临人间。梵天同意了，他让恒河降临人间，然后再到冥界，这样巴吉拉塔祖先的灵魂就能升入天堂。恒河说她降临地球将会带来毁灭性的后果，她所到之处，一切都将毁灭。

巴吉拉塔向湿婆祈祷，希望湿婆帮助他，阻止恒河下沉。于是恒河就降临在湿婆的发辫上。湿婆平静地将她困在自己的头发中，然后把她放出，形成小溪。湿婆的触摸进一步使恒河变得神圣。当恒河到达地狱时，她创造了另一条溪流留在人间，帮助净化那里不幸的灵魂。

恒河是唯一一条流经所有三个世界（天堂）、人间（地球）和地狱（冥界）的河流。在梵语中，这被称为 ripathagā（游历三界之人）。由于巴吉拉塔（Bhagiratha）的努力，恒河降临到人间。因此这条河也被称为 Bhagirathi。

恒河还有另一个名字，叫 Jahnavi。恒河降临人间后，在流向巴吉拉塔的途中，湍急的河水造成湍流，摧毁了田地和圣人贾努（Jahnu）的修行。他对此感到非常愤怒，喝光了恒河的所有水。于是，众神向贾努祈祷，希望他释放恒河，以便她能够继续执行她的使命。贾努听到他们的祈祷后非常高兴，便从耳朵里释放了恒河（她的水）。因此，恒河的名字为 Jahnavi（Jahnu 的女儿）。

有些人相信，恒河最终会在卡利时代（Kali Yuga）结束时干涸，卡利时代是宇宙循环的四个阶段中的最后一个阶段（黑暗时代，当前时代），就像萨拉斯瓦蒂河一样，这个时代将会结束。按照循环顺序，下一个将是 Satya Yuga 或真理时代。

根据印度教的说法，一个完整的 Yuga 始于 Satya Yuga，经过 Treta Yuga 和 Dvapara Yuga 进入 Kali Yuga。

恒河

恒河一直是令冒险家着迷的景点。埃德蒙·希拉里爵士写道："五年多来，我一直梦想着一次新的冒险，与一群朋友从恒河河口逆流而上，到达这条河的发源地——高山上。" 1977 年，埃德蒙·希拉里爵士将他的"跨越海洋至天空"探险梦想变成了现实。他写了一本书来讲述这次冒险。

不知何故，我能够模仿同样的冒险，只不过方向相反。我从恒河的源头一直游到它与海洋的交汇处，并不是一气呵成，而是分段、分阶段地游历了好几年。

在我年轻的时候，我每年夏天都会去度假，因为那时学校和大学都关闭，孩子们可以从枯燥的学习中解脱出来。航空旅行费用昂贵。那时候，预订火车票非常困难。人们必须提前数月做好计划。我的母亲喜欢观光，她总是想去看看新的地方。从某个地方回来后，她就会开始考虑明年我们可以去哪个地方。

于是有一天，我们抵达了戈穆克，在那里我看到了甘戈特里冰川，这是我第一次近距离观赏冰川，它位于北阿坎德邦北卡什县，与西藏接壤。

甘戈特里冰川

您一定读过有关冰川的文章 - 什么是冰川？

冰川是由落下的雪形成的，经过许多年，积雪会压缩成大块厚冰。当雪在一个地方停留的时间足够长，并转变成冰时，就会形成冰川。由于上方冰层的巨大质量，冰川流动起来就像非常缓慢的河流一样。甘戈特里冰川是恒河的主要水源之一。它是印度第二大冰川，长 30 公里，宽 2 至 4 公里，估计体积超过 27 立方公里。

冰川周围是甘戈特里群山峰，其中包括几座以极具挑战性的攀登路线而闻名的山峰，例如希夫林峰、塔莱萨加尔峰、梅鲁峰和巴吉拉提三世峰。它大致流向西北，发源于该群最高峰乔坎巴山下的冰斗。

甘戈特里冰川的尖端被称为 Gomukh（意为"牛嘴"），形似牛脸。它是恒河主要支流巴吉拉蒂河的源头，距离甘戈特里约 19 公里（11.8 英里）。

在风景如画的德夫普拉亚格镇，巴吉拉提河与阿勒克南达河汇合，成为恒河。恒河全长 2,525 公里（1,569 英里），顺着群山流下，流经瑞诗凯诗、哈里德瓦尔、坎普尔、瓦拉纳西、巴特那和穆尔希达巴德，滋润着北印度的恒河平原。

进入西孟加拉邦后，这条河分成两条支流：胡格利河（阿迪恒河）和帕德玛河。胡格利河流经西孟加拉邦的几个地区，最后流入萨加尔岛附近的孟加拉湾。帕德玛河流入孟加拉国，与梅格纳河汇合，然后流入孟加拉湾。

瓦 拉 纳 西 （ 贝 拿 勒 斯 ）

1897 年，马克·吐温这样描述瓦拉纳西："贝拿勒斯比历史更古老，比传统更古老，甚至比传说更古老，它看上去比所有这些加起来还要古老一倍"。

我在瓦拉纳西生活和工作了几年。通往 Ghats 的小路非常狭窄。甚至连自动人力车都无法穿过它们。而且还有很多公牛。但幸运的是，他们相当文明。但有时，我们必须稍微拉一下或推一下才能通过。

瓦拉纳西几千年来一直是北印度的文化中心，与恒河有着密切的联系。瓦拉纳西是印度教所有圣地中最神圣的地方。印度教徒相信在这个城市死亡将会得到救赎，因此这里成为主要的朝圣中心。

这座城市因其众多的石阶而闻名于世，石阶是河岸边用石板砌成的堤坝，朝圣者们在这里进行沐浴仪式。Dashashwamedh 河坛、Panchganga 河坛、Manikarnika 河坛和 Harishchandra 河坛是重要的河坛。最后两个是印度教徒火葬死者的墓地，瓦拉纳西的印度教家谱登记册也保存在这里。

瓦拉纳西是世界上最古老的城市之一。时间仿佛在这里停止了。这里的人们从不匆忙。每个人都有充足的时间。我几乎每天都会沿着河坛步行。我也经常在恒河划船。

公元前 528 年左右，乔达摩佛陀在附近的鹿野苑发表了他的第一次布道，题为"启动法轮"，并创立了佛教。鹿野苑（Sarnath）是世界各地佛教徒非常重要的朝圣地。

公元 8 世纪，Adi Shankara Charya 将湿婆崇拜确立为瓦拉纳西的一个官方教派。近年来，当我们的总理莫迪吉说恒河召唤他前往瓦拉纳西时，著名的喀什黄金庙湿婆神庙变得更加出名。

图尔西达斯·吉（Tulsidas ji）写下了关于罗摩（Rama）在瓦拉纳西（Varanasi）生活的史诗《拉姆·查里特拉·玛纳斯》（Ram Charitra Manas）。巴克提运动的其他几位主要人物也出生于瓦拉纳西，包括卡比尔和拉维达斯。古鲁纳纳克于公元 1507 年访问瓦拉纳西，庆祝湿婆节，这次旅行对锡克教的创立起到了重要作用。瓦拉纳西已进行了大量修缮工程。许多古老、古老的风情已消失。

我参观了恒河对岸的拉姆讷格尔堡，它建于 18 世纪，具有莫卧儿风格的建筑，有雕花阳台、开放式庭院和风景优美的亭台楼阁。现任国王阿纳特·纳拉扬·辛格（Anant Narayan Singh），也被称为瓦拉纳西大君或喀什·纳雷什（Kashi Naresh），住在拉姆讷格尔堡（Ramnagar Fort）。那里有一个小博物馆。

瓦拉纳西有大约 23,000 座寺庙 - 其中最著名的是湿婆神庙、Sankat Mochan 哈努曼神庙和杜尔迦神庙。

萨加尔岛或萨加尔深渊

恒河在距加尔各答约 100 公里的恒河萨加尔岛附近流入孟加拉湾。恒河萨加尔节或集市于每年的 Makar Sankranti 日，即 1 月 14 日举行。前往该岛的路途曾经十分艰难，朝圣者们常说"Sab Teerth Bar Bar, Ganga Sagar Ek Baar"。它是每年固定日期举行的少数节日之一。这是继阿拉哈巴德大壶节之后印度最大的博览会。

我上学的时候就听说过，恒河萨加尔岛位于海底，每年都会浮出海面一次。当然，事实并非如此。我第一次访问该岛是在 1986 年，当时是为了观看哈雷彗星。其实，萨加尔岛是一个小岛，没有直达大陆的道路。您必须乘船行驶 3 至 4 公里。这里有警察局、学校和政府办公室。

加尔各答的一个业余天文学协会选择这个地方观测哈雷彗星，因为这里没有任何污染，而且只有在晚上 6 点到 9 点之间才有电。我们确实在清澈的天空中看到了哈雷彗星。我们中幸存下来的人将能够在 2061 年再次看到哈雷彗星。

我参观了恒河萨加尔节。该岛没有污染，拥有原始的海滩。这里还有迦毗罗牟尼寺。原来的寺庙在 20 世纪 60 年代被海浪冲毁。现存的寺庙建造时间相当晚。2024 年 1 月，约有 650 万朝圣者参加了圣洗礼。

萨加尔岛是<u>孙德尔本斯群岛</u>的一部分。但这里没有老虎、红树林或小河支流，而这些都是世界上最大的三角洲——孙德尔班斯三角洲的特征。

孙德尔班斯 - 世界上最大的三角洲

孙德尔班斯——这个名字本身就对全球无数的冒险家具有魔力。航行在咸水中,穿过茂密的丛林,这里是雄伟的孟加拉虎和一些地球上最毒的爬行动物的家园,这确实是一种超现实的感觉。本章将帮助您了解这个独特的地区。

比诺伊古普塔

孙德尔本斯是联合国教科文组织世界遗产,位于西孟加拉邦第24 帕尔加纳斯区的东南端,距加尔各答约 110 公里。孙德尔本斯地区有数百条小溪和支流纵横交错。它是地球上现存最有吸引力和最迷人的地方之一——一个真正未被发现的天堂。

我参观了孙德尔本斯地区,特意去看了孟加拉虎。我在那里住了两晚。晚上我能听到老虎的吼叫,白天我能看见老虎的脚印,但我却没有看到一只老虎。我看到了世界上最大的红树林——不同种类的独特红树林、动物、鸟类、爬行动物等等。

恒河与布拉马普特拉河三角洲(恒河三角洲)

恒河(2525 公里)和布拉马普特拉河(3848 公里)均发源于喜马拉雅山脉,一路流经丘陵和高原,分别滋润印度北部和东部的几个邦;流经孟加拉国,在孙德尔本斯地区注入孟加拉湾,使整个地区成为世界上最大的三角洲。

据吉尼斯世界纪录称,这是"孟加拉国和印度西孟加拉邦境内的恒河与雅鲁藏布江形成的世界上最大的三角洲"。三角洲呈三角形，被认为是"弧形"（弧形）三角洲。其面积超过 105,000 平方公里（41,000 平方英里），大部分位于孟加拉国境内。

孙德尔本斯和红树林

桑德班（Sunderban）一词意为"桑达里森林"，由两个词组成：Sundari（一种红树 - Heritiera fomes）和 Ban（森林）。桑德班斯地区是恒河三角洲的一片红树林区。该地区有 10,200 平方公里的红树林保留区。其中 4,264 平方公里的森林位于印度西孟加拉邦。其余 6000 平方公里位于孟加拉国境内。印度另一片 5,430 平方公里的非森林有人居住地区，位于红树林的北部和西北部，也被称为孙德尔本斯。印度孙德尔班斯地区的森林和非森林面积合计为 9,630 平方公里。

面积达 9,630 平方公里的孙德尔班斯地区纵横交错，河流、支流、河口、小溪和水道纵横交错，70% 的面积被咸水覆盖。该地区是孟加拉虎和多种其他动物、鸟类、爬行动物以及其他适应独特盐碱环境的生物的家园。

桑德班老虎保护区

孙德尔班是世界上唯一一片老虎栖息的红树林。1973 年，印度政府根据 1972 年《野生动物（保护）法》将该片 2585 平方公里的区域指定为桑德班老虎保护区，并将其纳入"老虎计划"的范畴。五年后，即 1977 年，该保护区升级为野生动物保护区。

1984 年 5 月 4 日，1,330 平方公里的核心区域被授予国家公园地位。1987 年，联合国教科文组织将该公园列为世界遗产。桑德班老虎保护区的老虎数量比世界上任何其他老虎保护区都多。以下是孙德尔本斯老虎数量的官方数据。孙德尔班斯的 215 只老虎中，有 101 只在印度，114 只在孟加拉国。

1972 02*	1979 2018	1984 2019	1989 2023	1993	1995	1997	2001-
— 60 245	205 214	264	269 210	251 215	242	263	

注：印度的老虎数量接近红树林估计的每 100 平方公里 4.68 只老虎的承载能力。

尽管存在令人敬畏的老虎（其中许多是食人动物），当地村民仍冒险进入森林采集蜂蜜或砍伐木材。有时，它们会遭到老虎的攻击，几乎四分之一的受攻击者都会死亡。

当地村民崇拜 Bonbibi（当地的森林神）和 Dakshin Ray（一种被认为会化作老虎形状的恶魔），以保护自己免受老虎的伤害。老虎一般从后方进攻。因此，村民在森林内行走时，都会在头后面戴上色彩鲜艳的面罩，希望这样能够愚弄老虎。

关于桑德班老虎队的一些独特事实

1. 孙德尔班斯三角洲的老虎是水生和陆地生态系统的顶级捕食者。
2. 老虎约 17.5% 的食物来自鱼等水生生物。
3. 一只老虎每天需要 7.5 公斤肉。
4. 一只野生老虎需要 10 平方公里的活动空间。
5. 只有 5% 的孙德尔班虎是食人动物。
6. 雌性犀牛负责照顾幼崽长达 18 个月。雄性通常不能容忍幼崽。

在二月和五月这两个潮汐高峰期，孙德尔本斯老虎的领土标记会被每天的潮汐所掩盖。在此期间，老虎似乎会迷失方向，经常被发现游过河流和小溪，穿越宽达 8 公里的河流。

每逢稻谷成熟时节，老虎就会进入稻田数公里深处，捕食那里的牛。

最容易成为食人虎的受害者的是伐木工、渔民和采蜜人。受害最严重的是渔民。

桑德班生物圈保护区

为了协调和整合广阔的孙德尔班斯地区的保护、研究和培训活动，1989 年 3 月 29 日，印度政府将整个 9,630 平方公里的地区宣布为孙德尔班斯生物圈保护区。有超过三十万居民生活在这个桑德班生物圈保护区。

2001 年 11 月，联合国教科文组织将孙德尔班生物圈保护区纳入其人与生物圈（MAB）计划。

独特的潮间带栖息地

孙德尔班三角洲的众多河流、小溪和运河的水位随着潮汐而涨落。每天两次，海水涌入又流出，使得该地区成为最不适合居住的地区之一。这里的大多数生物——无论是动物还是植物，无论是陆地还是水生生物——都已经发展出了独特的适应能力以求生存。例如，这里的老虎是一名游泳健将。它已经学会了捕鱼。

在整个红树林的水边，您会发现独特的弹涂鱼，这种鱼可以在陆地上行走，甚至还可以爬树。它的鳍进化成了两个像手臂一样的小鳍，使它能够在陆地上移动。弹涂鱼可以通过皮肤以及口腔和喉咙的内壁呼吸。这里有许多血红色的招潮蟹。

我很喜欢弹涂鱼，想带几条回家放在我的水族箱里。但我不可能提供合适的环境——每天两次的水位涨落。我在印度以外的地方看到过模仿这种环境的水族馆。红树林长出了奇怪的气生根。其根部的毛孔在涨潮时关闭，在退潮时打开。

孙德尔本斯的动物和鸟类生活

令我惊讶的是，除了老虎之外，在孙德尔班斯的恶劣地形中还有大量的鹿、野猪、猴子、丛林猫和渔猫。这里有许多水生哺乳动物——海豚和鼠海豚——恒河海豚、印度太平洋驼背海豚、伊洛瓦底江海豚和江豚。

这里有几种爬行动物——河龟、榄蠵龟、河口鳄（世界上最大的鳄鱼）、巨蜥、水巨蜥和印度蟒蛇。我于1968年养了一条蟒蛇作为宠物。但由于1972年印度野生动物保护法十分严格，现在这已不可能了。

该地区鸟类资源丰富。水鸟种类丰富，有亚洲钳嘴鹳、黑颈鹳、大秃鹳、白鹮、沼泽鹩鸹、白领翠鸟、黑顶翠鸟、棕翅翠鸟等。许多候鸟也从遥远的地方飞来。

沼泽鸟类有数种，包括白鹭、紫鹭和绿背鹭。这里还有许多猛禽，如鱼鹰、棕眉鱼鹰、白腹海雕、灰头渔鹰、游隼、东方游隼、北雕鸮和棕鱼鸮。

如何到达孙德尔班斯

我觉得孙德尔班斯不知为何并没有受到应有的关注和宣传，仍然是一个神秘的目的地。起点是加尔各答（Calcutta）。从加尔各答出发，有两条路线。一条向南朝西南方向；另一条向南朝东南方向。无论哪种方式，您都必须行驶大约100公里。路况很好。然后你就必须乘船过去。

我选择的是更受欢迎的东南路线。我驾车穿过100公里风景如画的湿地、农田、鱼孵化场和真正的西孟加拉邦乡村，到达索纳卡利。从那里，我乘坐3小时的轮渡到达Sajnekhali。

乘船途中，我经过了河两岸西孟加拉邦的许多村庄。大多数村民都从事某种形式的捕鱼工作。我看到妇女和孩子们拖着渔网捕捞虎虾幼苗。他们不知道这会严重破坏生态系统。

萨基内卡利鸟类保护区

我参观了 Sajnekhali 鸟类保护区。它位于马特拉河和古姆迪河的交汇处。我看到了各种各样的鸟——斑嘴鹈鹕、棉鸭、银鸥、里海燕鸥、苍鹭、大白鹭、夜鹭、钳嘴鹳、白鹭、翠鸟、婆罗洲鸢和天堂霸鹟。护林员告诉我们，在冬季，我可以看到一种稀有的候鸟——亚洲长蹼鹬（Limnodromus semipalmatus）。

苏丹亚卡利

我参观过这个地方。这里有一个人工红树林公园，并设有一座瞭望塔。孙德尔班森林有大约 64 种植物。我在这里看到了大部分。从瞭望塔上，我可以看到远处的鹿、水巨蜥等等。

巴格巴德普尔鳄鱼项目

我参观了巴格巴德普尔鳄鱼项目。这里是世界上最大的河口鳄鱼的孵化和饲养中心。

还有其他有趣的地方可以参观，如哈利迪岛、洛锡安岛、卡纳克和内蒂多帕尼。哈利迪岛野生动物保护区和洛锡安岛野生动物保护区位于孙德尔班斯南部。这些保护区不属于老虎保护区的一部分。

哈利迪岛是害羞的赤麂的家园。卡纳克是榄蠵龟的筑巢地，榄蠵龟的一生大部分时间都在海洋中度过。这些海龟要长途跋涉到浅海岸水域进行繁殖——通常会从大海游到 100 公里外的河流中。

我参观了内蒂多帕尼一座有 400 年历史的寺庙遗址,并思考了该地区的历史。

皮亚利

皮亚利(Piyali)距加尔各答 72 公里,实际上是通往孙德尔本斯的门户。这是一个美丽的休息场所。但我并没有在那里休息。我十月份去参观了孙德尔本斯,那时的天气还不是太热。除季风期间外,您全年都可以参观该地。

前往孙德尔本斯的旅行是一次独特的体验。一趟无目的地的旅程。远离文明,进入强大孟加拉虎的神秘土地。您可能看到或看不到老虎,但有很多东西可以看……还有真正的孟加拉乡村及其文化。

Sajnekhali 旅游旅馆和 Sajnekhali 鸟类保护区

我住在 Sajnekhali 的环保型 Sajnekhali Tourist Lodge 旅馆。它由西孟加拉邦旅游发展有限公司维护。它质朴而简单,而且价格相当实惠。这是桑德班斯国家公园内唯一的旅馆。我在红树林解说中心待了一段时间,看了有关野生动物的电影,我的疑惑得到了解答。

如果您想要更加奢华的住宿,您可以入住河对岸 Sajnekhali 对面的桑德班虎营(Sunderban Tiger Camp)。如果您想要一个完整无忧的套餐,您可以预订从加尔各答出发的往返 3 天/2 晚或 4 天/3 晚的游轮。有点贵。您甚至可以租用私人汽艇并规划您的个人行程。

恐龙和化石

技术的巨大优势在于，我们能够创造恐龙并将它们展示在屏幕上，尽管它们已经灭绝了 6500 万年。突然之间，我们拥有了一个如梦似幻的神奇工具。

沃纳·赫尔佐格

我有幸参观了恐龙公园和化石木公园——这两个公园都在印度。这些都是令人难忘的经历。我回到了过去——几百万年前。大多数人甚至不知道这些独特地方的存在。动画电影，如《侏罗纪公园》及其续集，激发了普通人和儿童的想象力，让我们梦想着恐龙。我也梦想有一天能见到恐龙。

事实是，地球上并不存在真正的侏罗纪公园，也没有活着的恐龙。但是化石公园和虚构的侏罗纪公园一样有趣。在这里，我们可以看到恐龙化石，以及根据化石精心制作的模型，让我们的想象力自由驰骋。

化 石

化石看起来像石头。但它们是矿化的，或以其他方式保存下来的动物（如足迹）、植物和其他生物的遗骸或痕迹。

恐 龙

恐龙是史前灭绝的爬行动物，在地球上漫游了大约 1.65 亿年

- 从中生代中三叠纪至晚三叠纪（大约 2.3 亿年前）到白垩纪末期（大约 6500 万年前）。

理查德·欧文创造了恐龙这个名字

19 世纪 20 年代，科学家开始研究恐龙，当时他们在英国乡村发现了一种大型陆地爬行动物的骨骼。1842 年，英国著名古生物学家（专门研究化石的科学家）理查德·欧文爵士研究了三种不同生物的骨骼——斑龙（"大蜥蜴"）、鬣蜥（"鬣蜥牙齿"）和林龙（"林地蜥蜴"）。

这些生物都生活在陆地上，比任何现存的爬行动物都大，行走时腿直接位于身体下方，而不是向两侧伸出，臀部的椎骨比其他已知的爬行动物多三块。欧文推测这三种动物构成了一个特殊的爬行动物群，他将其命名为恐龙，这个词源于希腊语中的 deinos（"可怕的"）和 sauros（"蜥蜴"或"爬行动物"）。

从那时起，恐龙化石在世界各地被发现，并被古生物学家进行研究。化石是地球上过去存在生命的证据。通过这些化石，古生物学家能够重建特定生物的外观。

古生物学家传统上将恐龙群分为两个目："鸟臀目"的鸟臀目和"蜥蜴臀目"的蜥臀目。由此，恐龙被划分为许多属（例如暴龙或三角龙），每个属又分为一个或多个物种。

有些恐龙是双足动物，或者用两条腿走路。有些动物用四条腿行走（四足动物），有些动物能够在这两种行走方式之间切换。一些恐龙身上覆盖着一种盔甲。有些鸟类有羽毛，就像它们的现代鸟类亲戚一样。有些移动得很快，而有些则笨拙而缓慢。大多数恐龙是食草动物，或者以植物为食的动物，但有些恐龙是食肉动物，捕猎或以其他恐龙为食。

在恐龙生活的时代，地球的所有大陆都连接在一起，形成一个陆地块，这个超级大陆现在被称为盘古大陆，周围环绕着一个巨大的海洋——泛大洋（Panthalassa）。在早侏罗纪时期（

大约 2 亿年前），盘古大陆开始分裂成不同的大陆，恐龙也随之分裂。

恐龙的末日

大约 6500 万年前，白垩纪末期，恐龙神秘消失。许多其他种类的动物和许多种类的植物也在同一时间灭绝。人们已经提出了几种理论来解释这次大规模灭绝。一种理论认为，大规模灭绝的原因是当时发生的大规模火山或地质活动。

另一种理论认为，大约 6550 万年前，一颗巨大的小行星撞击地球，着陆时产生的威力相当于 180 万亿吨 TNT（一种炸药），将大量灰烬散布到地球表面。由于缺乏水和阳光，植物和藻类死亡，导致地球上所有食草动物死亡。食肉动物靠食草动物的尸体存活了一段时间，然后也死了。

印度的恐龙——巴拉辛诺尔附近的村庄 Raiyoli（距艾哈迈达巴德 95 公里）

印度也拥有自己的恐龙。我们中很少有人知道，古吉拉特邦巴拉辛诺附近的一个名叫 Raiyoli 的村庄，距离艾哈迈达巴德约 95 公里，是世界上最大的恐龙化石遗址之一。1983 年，印度地质调查局的古生物学家在 Raiyoli 偶然发现了一种未被发现的恐龙化石。

但直到 2001 年，也就是近二十年后，美国大学的古生物学家才来到这里研究这些化石。他们意识到他们拥有一种未被发现的恐龙物种的部分骨骼，并将其命名为 Rajasaurus Narmadensis，意思是"来自纳尔马达的帝王恐龙"。

至少有 13 种不同的恐龙生活在这里。

该地区有一处恐龙化石筑巢地和一处史前墓地。该遗址已修建一座恐龙化石公园，其围栏区域占地超过 70 英亩。值得一看。

研究这里的恐龙的最佳方式是参加由前巴拉辛诺土邦公主可爱的艾丽娅苏丹娜巴比（Aaliya Sultana Babi）组织的导游团，她对该地区的化石有着深厚的兴趣和专业知识，曾与访问过该地区的古生物学家密切合作。您还可以入住她的传统酒店。

古吉拉特邦旅游局、古吉拉特邦生态委员会和其他有关部门应与联合国教科文组织商讨在此建立世界级恐龙公园的事宜。

因卓达恐龙及化石公园，甘地讷格尔（距艾哈迈达巴德 16 公里）

您不必一路前往巴拉辛诺尔（Balasinor）附近的 Raiyoli 去看恐龙。您可以在古吉拉特邦艾哈迈达巴德市甘地讷格尔的萨巴马蒂河两岸占地 428 公顷的因卓达恐龙与化石公园看到它们。

因卓达恐龙和化石公园是世界上第二大恐龙蛋孵化场。该公园由印度地质调查局设立，是印度唯一的恐龙博物馆。在巴拉辛诺尔附近的拉伊约利发现的一些恐龙化石已被带到因德罗达恐龙和化石公园。

我参观了这个占地 428 公顷的公园。公园分为三部分：一个拥有各种药草的植物园；一个拥有各种鸟类和动物的动物园；以及恐龙区，其中有来自巴拉辛诺尔附近的 Raiyoli 村的恐龙化石，距离甘地讷格尔约 90 分钟车程。

公园的恐龙部分展示了几种恐龙的真人大小的模型——霸王龙、斑龙、泰坦龙、巴拉帕龙、腕龙、南极龙、剑龙和禽龙恐龙，以及它们存在的时期和动物特征的细节。

公园内展示的蛋化石大小不一，从鸭蛋到炮弹，应有尽有。这些蛋告诉你，大约 6500 万年前，这个公园可能是恐龙的栖息地。正是在这里我第一次看到恐龙蛋和其他恐龙化石。

古生物学家认为，这里至少生活着七种恐龙，研究人员还发现了约 10,000 枚恐龙蛋的化石，使得巴拉辛诺尔附近的拉伊奥利成为世界上最大的恐龙孵化地之一。

马哈拉施特拉邦发现恐龙蛋和骨头

印度其他地区也发现了恐龙蛋和其他化石。在马哈拉施特拉邦东部距阿姆劳蒂约 60 公里的萨尔巴迪地区，发现了恐龙骨骼化石和巨型生物的蛋，这些生物长约 18 至 20 米，重约 10 至 13 吨。

在 MP 发现恐龙蛋

在印度中央邦富含化石的达尔-曼德拉带发现了恐龙蛋。据发现，偷猎者以最低 500 卢比的价格出售这些蛋。

印度其他地方的恐龙蛋和化石

印度其他地方也发现了恐龙蛋和化石。但在古吉拉特邦发现的丰富内容却令人难以置信。即使您对恐龙不感兴趣，我也建议您参观这个地方。

木化石

树干和树的其他部分无法存活很长时间。它们很容易腐烂。但在适当的条件下，经过数百万年，树木就会变成木化石。石化一词源于希腊语"petro"，意为"岩石"或"石头"。石油这个词也来自"petro"。木化石的字面意思是"木头变成石头"，是一种化石。

它实际上是一种木化石，其中所有的有机物质都被矿物质（最常见的是硅酸盐，例如石英）取代，同时保留了木材的原始结构。石化过程通常发生在地下，木材被埋在沉积物下，最初由于缺氧而被保存下来。

富含矿物质的水流过沉积物，将矿物质沉积在植物的细胞中。植物的木质素和纤维素会腐烂。在其位置上形成了 S 音模具。石化过程中水/泥中的锰、铁、铜等元素使木化石呈现出多种颜色范围。

木化石可以保存木材的原始结构，包括年轮和组织结构，直至微观层面的所有精细细节。石化木非常坚硬，莫氏硬度为 7 - 与石英相同。

石化林国家公园（美国亚利桑那州）

美国亚利桑那州的石化林国家公园是世界上规模最大、色彩最丰富的石化木聚集地之一，其中大部分为亚利桑那木（Araucarioxylon arizonicum）种。但您不必千里迢迢前往美国去看石化树。您可以在印度看到它们。

蒂鲁瓦卡莱国家木化石公园（距离本地治里 21 公里）

由于工作原因，我经常需要去本地治里（Pondicherry）。本地治里是一座美丽而古朴的小镇，保留着法国殖民时期的遗迹。奥罗宾多修道院和海滩令人难以抗拒。

我读到了有关该地区周围存在化石公园的报道，并要求我的官员对其进行追踪。经过一番寻找，他们在泰米尔纳德邦维鲁普拉姆区蒂鲁瓦卡拉伊找到了国家化石木公园。

国家化石木公园位于蒂鲁瓦卡拉伊，距离本地治里约 21 公里，是由印度地质调查局维护的地质公园。它成立于 1940 年。

我和我的官员们去了那里。那里有一道 3 英尺高的脆弱铁丝网，门上有挂锁。任何人都可以跳过栅栏拿走他想要的任何东西。但显然，由于我的立场，我们不能这样做。我们必须维护我们的尊严。于是我们派人去附近的村庄找到了守卫，等他来了之后我们才进入化石公园。他送给我一小块木化石。直到今天我还保留着它。

木化石

该公园由九个区域组成，占地约 247 英亩（100 公顷 – 约 1 平方公里），但其中只有一小部分向公众开放。公园里有大约 200 棵树的化石。它们的尺寸从 3 到 15 米（长度 9.8 到 49.2 英尺）不等。有些宽度可达 5 米。它们散落在公园内，有一部分被埋在地下。化石树干上没有留下任何树枝或树叶。

公园内散布的木石化化石约有 2000 万年历史。科学家认为这些化石是在数百万年前的大洪水期间形成的。由于石化作用广泛，化石保存完好，树木的年轮和纹孔结构清晰可见，可通过数年轮判断其年龄。

当然，除了国家化石公园外，还有其他几个地方可以看到树木化石。蒂鲁瓦卡拉伊是独一无二的。

拉达克——神秘的冰雪之地

拉达克——这片神秘的沙雪之地以及被时间遗忘的苯教信徒之地。

拉达克是一片神秘的沙雪之地。您没看错——沙子和雪！我骑着双峰骆驼去那里。我穿过冰雪覆盖的山脉和冰川。由于卡车故障导致道路堵塞，我无法到达沙漠。

拉达克的原始宗教

拉达克人民主要信奉佛教。拉达克深受藏传佛教的影响，藏传佛教属于大乘佛教和金刚乘佛教。在这些佛教形式中，佛陀被崇拜为已达到涅槃（摆脱生死轮回）的神。

许多寺院里也供奉着佛陀的各种化身，即菩萨。但这里原来的宗教是苯教。很少有人知道拉达克和西藏苯教的这段有趣的历史。

苯教 – 佛教之前

我非常好奇想要了解更多有关苯教——拉达克古老宗教的知识。拉达克（也是西藏）的原始宗教不是佛教，而是苯教，其创始人是顿巴辛饶或辛饶米波（又称佛陀辛饶、古鲁辛饶、顿巴辛饶米沃切、辛饶米沃勋爵等）。辛饶米波是苯教的创始人，其地位与佛教中的佛陀十分相似。

像佛陀一样，顿巴辛饶也出身于皇室。顿巴辛饶在 31 岁时离开王家，追寻像佛陀一样的修行之路。顿巴辛饶过着出家人的生活，开始苦行，在象雄之地（据信是冈仁波齐峰附近）传播佛法。

我们没有可靠的来源来证实他的历史真实性、他的日期、他的种族起源、他的活动，以及直接归于他或被认为是他所写的大量书籍的真实性。

苯教的追随者认为，苯教的经典是在他圆寂后才被记录下来的，其记录方式与佛经的汇编方式大致相同。没有任何十世纪之前的材料可以阐明他访问西藏等活动。

15 世纪，宗喀巴创立的格鲁派改革派促成了寺院的重建，一股新的佛教浪潮传入拉达克。早期苯教的大多数古老神殿都被改建成了现在的佛教寺院。自 1979 年起，苯教得到官方认可，成为宗教团体，享有与其他佛教流派同等的权利。1987 年，达赖喇嘛重申了这一点，并禁止歧视苯教徒，指出这既不民主，又会弄巧成拙。他甚至穿戴苯教的宗教服饰，强调"苯教的宗教平等"。达赖喇嘛如今将苯教视为西藏第五大宗教，并赋予苯教信徒在达兰萨拉宗教事务委员会的代表权。

藏传佛教神话中有许多有关各种鬼神和恶魔的故事。这些代表善与恶品质的形象被刻画在面具中，它们的故事则在拉达克各个寺院（礼拜场所）的年度节日期间以面具舞蹈的形式上演。

拉达克的佛教徒视达赖喇嘛尊者为其最高精神领袖和佛陀的化身。

我的拉达克之行

几年来我一直计划去拉达克。我甚至预订了飞往列城的航班。但由于种种原因，旅程不得不取消。最后我决定于 2008 年 4 月去。现在没有什么可以阻止我了。

我给列城的几家酒店和旅行社打了电话。他们告诉我冰雪太多了。我可能无法搬出酒店，因此我应该将我的访问推迟几周。但我却非常高兴，因为我其实是想看冰雪，人越多越好。

当时，没有从孟买直飞列城的航班。我乘坐夜间航班飞往新德里，然后乘坐早班航班从新德里飞往列城。现在也有从孟买直飞的航班。飞机飞过平原，然后飞过棕色和黑色的山丘。突然，我看到了远处的喜马拉雅山。飞机飞越36000英尺高空的冰雪覆盖的山脉。

首先，我们飞越大喜马拉雅山脉。然后我们飞越了赞斯卡山脉。在下面，我们可以看到巨大的冰川，最终汇聚成涓涓细流，闪闪发光的水流，这些水流汇聚在一起，形成了滋润平原的浩瀚河流。远处，我们可以看到拉达克山脉。

突然间，下方的一切都变成了耀眼的白色。飞机正在飞越白雪皑皑的山脉、冰冻的平原和冰川。随着飞机下降，我们飞过波光粼粼的河流和湖泊。最终，飞机进入列城航天城。向远处望去，我能看到修道院依偎在山顶的边缘。

列　　　　　　　　　　　　　　城

拉达克的首府列城位于赞斯卡山脉和拉达克山脉之间的摇篮里。拉达克没有火车站。当我到达列城时，周围的一切都被冰雪覆盖。这正是我想看到的。我雇了一辆出租车送我去酒店。所有出租车和其他车辆的顶部都覆盖着雪。酒店的花园和屋顶覆盖着厚厚的积雪。

列城的海拔为 11,552 英尺（3,521 米）。大气中的氧气含量相当低。第一天劳累过度可能会引发高山反应。有人建议我第一天住在酒店，让我的身体适应高海拔环境。但我无法克制自己。傍晚，我在集市附近闲逛。稀薄的空气确实令我喘不过气来。

列城及周边景点

接下来的两天我都在列城及其周边游览景点。我参观了这座历史悠久的九层宫殿，它由国王僧格朗杰于 1533 年在列城的一座山上建造。这座宫殿启发了半个世纪后建成的著名的拉萨（西藏）布达拉宫的设计。我爬上九层楼，穿过发霉的走廊，探索秘密的房间。但即使只是走一小段路或爬一小段山也会让我气喘吁吁。我不得不停下来几次，深吸几分钟才能恢复正常。

我参观了位于列城外一座小山上的 Shanti Stupa。这座佛塔是由日本组织建造的，带有鲜明的日本风格。它由达赖喇嘛于 1985 年揭幕。从这个地方，我可以看到整个列城的全景。我参观了位于列城外 Choklamsar 村庄的达赖喇嘛夏宫，这座夏宫虽然简朴，但却十分美丽，是两层楼，有着金色屋顶。

班公湖（140 公里）

拉达克的主要景点之一是美丽的班公湖。这个长 6 公里、宽 130 公里的湖泊是宝莱坞电影制片人最喜欢的拍摄地。它位于海拔 4350 米处，一直延伸至西藏。我计划当天就返回。我很早就离开了列城。但是如果您参观该湖，请尝试在那里过夜。

途中我参观了 Shey 宫及修道院（15 公里）；Thiksey 修道院（20 公里）；以及 Hemis 和 Chemrey 修道院（均为 40 公里），并到达了 Changla 山口（17,350 英尺）。我喜欢这些寺院里宁静的氛围和祈祷鼓声。昌拉山口是世界第三高峰，景色十分迷人，因此我决定在那里停留一段时间。我花了很多时间玩耍。我走过冰面，有些地方冰深及膝盖。我在雪地里打滚。他们与守卫印度边境的士兵一起堆雪人、喝茶、吃饼干，谈论远方的家人。

拉玛玉如寺（125 公里）

有一天，我出发去参观拉玛玉如寺——拉达克最古老的宗教圣地之一。途中我经过了荒芜的山丘。但令人惊讶的是，山丘的颜色却截然不同——白雪公主。藍色。粉色和淡紫色。我感觉自　　己　　仿　　佛　　身　　处　　月　　球　　。
我沿着波光粼粼、潺潺流淌的印度河，漫长地流向平原，穿过盛开的杏树园。在拉玛玉如寺下面的村子里，我看到了牦牛和帕什米娜羊，它们为我们提供了世界上最好的羊毛。拉达克的野生牦牛数量很少。但它们生活在海拔 3200 米以上的地方。牦牛拥有超大的肺，可以在稀薄的空气中生存。

途中，我参观了雷基尔寺（52 公里）；和阿奇寺（70 公里）——拉达克唯一一座建在平地上的寺院。我参观了独特的磁山（30 公里），它显然违反了万有引力定律——一辆停在空挡上的汽车会滑上山。

我在尼姆看到了印度河与赞斯卡河（17 公里）的交汇点。真是令人着迷的景象。

经由 Khardung La 到达努布拉山谷

我想参观努布拉谷，也被称为花谷。从列城出发的公路穿过卡东拉山口（40 公里），海拔 18,390 英尺，即 5602 米，是世界上最高的汽车通行道路之一。

但我无法跨越山口。一辆卡车抛锚了，堵塞了狭窄的道路，导致整个交通陷入混乱。于是我就出去在雪地里玩耍。我遇到了一对骑自行车的人，他们骑着摩托车行驶了 5000 公里才到达卡东拉山口。他们也必须折返。

从山口,我可以下到努布拉山谷的首府迪斯基特村;骑着双峰骆驼穿越真正的沙丘,大约花两个小时到达亨德村;甚至可以参观帕纳米克村附近的几处温泉。但幸运女神却不这么希望。

我在列城郊区找到了一个政府骆驼养殖中心,并骑上了双峰骆驼。

古老而独特的做法

拉达克是一个超凡脱俗的地方,有着独特的古雅和古老。看起来它已在历史的长河中消失了。我了解到,拉达克家庭的传统是捐献一个儿子成为喇嘛(这种做法正在逐渐消失)。寺院对他们进行教育和培养。

在泰国,家庭也习惯将儿子送到寺庙当一个月左右的僧人。

藏医药

藏医是2500多年前佛陀亲自创立的、以印度佛教医学体系为基础的古老医学体系。这种本土医疗保健系统在拉达克社区的医疗保健中发挥着重要作用。在拉达克,该系统的实践者被称为"Amchi"。这些技能通常是在村子里由父亲传给儿子或女儿。有很多阿姆奇人已经是第六代了。阿姆奇人为村民提供免费医疗服务。他们通常甚至对天文学和占星术也颇有了解。他们往往也是强有力的社区领袖或村长。

作为回报,村民们尊重阿姆奇人并帮助他们进行农业活动和供奉。我遇到了一位阿姆奇,他是传统的乡村医生之一,即使在这个现代自私的时代,他仍然为村民提供免费的医疗服务。新来的阿姆奇必须在整个村庄面前口头参加毕业考试。他们接受了来自周边村庄的高级阿姆奇人的检查。

这位神谕者（包括男性和女性）是拉达克的占卜者。他或她治愈疾病并解决所有世俗问题。

体育和其他活动

拉达克是徒步旅行者的天堂。我参加过白水漂流和骆驼之旅。如果您对动物感兴趣，您可以观赏濒临灭绝的鸟类和动物。

您可以像我一样漫步穿过高山上的古老寺院，与僧侣一起进行日常祈祷，探索古老宫殿的神秘走廊。我在列城市场区的小巷里散步。我购买了一些当地的手工艺品作为礼物。

其他迷人的地方

这里最独特的景观之一是位于达哈努（163 公里）的布罗克帕（Brokpa）社群（最后的纯种雅利安人种族）成员，以及被高雪覆盖的山脉环绕的美丽的措莫里里（Tsomoriri）湖（137 公里）。

拉达克是一个美丽的地方———一片被时间遗忘的神秘沙雪之地。有太多的东西值得看。这里的人民淳朴而诚实，这在当今世界上是极为罕见的组合。

您一定会爱上拉达克和这里的人民。

Dr. Binoy Gupta

印度国家公园和野生动物保护区

森林是一种奇特的有机体，它无限仁慈、仁爱，不索取养分，却慷慨地提供食物和养料。
它的生命活动；它为所有生物提供保护，甚至为毁掉它的斧头人。

乔达摩佛

我发现三种动物特别令人着迷——狮子、老虎和犀牛。您可以在动物园里看到这些动物。也许附近有一个动物园。你一定见过这些动物。我曾经在卡纳塔克邦的 Shimoga（Shivamogga）动物园看到过一些非常肥胖的老虎。动物园管理员告诉我，他强迫它们每周禁食一次。所有动物园的情况都大体相同。但在国家公园和野生动物保护区等自然环境中看到这些动物则是另一回事。

印度第一个国家公园——海利国家公园，现称北阿坎德邦吉姆科比特国家公园，于 1936 年建立。到 1970 年，印度只剩下五个国家公园。印度于 1972 年颁布了《野生动物保护法》，并于次年（1973 年）实施了"老虎计划"。国家公园和保护区的数量逐渐增加。如今，印度有 104 个国家公园和 551 个野生动物保护区。因此，我们的物种种类繁多。

独立前

独立之前，印度的国王和王子拥有自己的私人森林，他们常常与朋友和客人在那里猎取大型猎物。由于害怕受到严厉的惩罚，没有人敢在这些森林里偷猎。这有助于保护野生动物。但由于自然栖息地的破坏、偷猎增加导致的动物损失、干旱和洪水等自然灾害以及与人类的冲突，需要通过保护动物栖息地来保护动物。这使得在全国各地建立国家公园和野生动物保护区成为必要。

国家公园和保护区 — 区别

您知道国家公园和保护区之间的区别吗？国家公园和保护区的区别在于，保护区通常允许一定程度的人类活动，但国家公园几乎完全禁止人类活动。许多国家公园最初都是野生动物保护区。

许多国家公园和保护区以特定动物而闻名，如吉姆科比特国家公园、伦滕波尔国家公园和桑德班国家公园以老虎而闻名；吉尔国家公园以狮子而闻名；卡齐兰加国家公园以犀牛而闻名等。但所有国家公园和保护区也拥有大量其他动物、鸟类和植物。

在印度，有 55 个老虎保护区由"老虎计划"管理。这些组织尤其致力于老虎的保护。

亚洲狮

直到一百多年前，亚洲狮还漫游于从希腊到西亚、德里、比哈尔邦和孟加拉的广大地区。但残酷的杀戮还是带来了损失。最后一头亚洲狮是在 1884 年在印度吉尔森林外被发现的。

濒临灭绝——朱纳加德纳瓦布的角色

自 1884 年以来，所有亚洲狮都分布在吉尔森林，这是朱纳加德纳瓦布的私人狩猎保护区。1899 年的饥荒几乎使狮子数量锐减。1900 年，朱纳加德纳瓦卜邀请时任印度总督的寇松勋爵（Lord Curzon）一起猎狮。这份邀请在报纸上引发了一封匿名信，写信人对 VIP 猎杀濒危物种的正当性提出质疑。寇松勋爵不仅取消了狩猎，还要求纳瓦卜保护濒临灭绝的狮子。纳瓦卜则宣布狮子为受保护动物。

到了 1913 年，吉尔森林里的狮子数量已减少到不足 20 只。作为一项保护措施，英国政府全面禁止射杀狮子。狮子的数量逐渐增加。到了 1949 年，吉尔森林里的狮子数量增加到 100 只左右。如今，狮子的数量已达 674 只。

吉尔国家公园（距艾哈迈达巴德 400 公里）

吉尔国家公园位于印度古吉拉特邦朱纳加德区，是世界上唯一一个可以在自然栖息地看到亚洲狮（Panthera leo persica）的地方。我在仲夏时节参观了吉尔国家公园。天气非常炎热，土地干裂。但能见度却更好了。第一天晚上，我们没有看到任何狮子。我们觉得很可能看不到任何东西。但第二天，我们看到了狮子。在野外观看威风凛凛的狮子是令人着迷的。

印度政府于 1965 年 9 月 18 日建立吉尔国家公园，作为保护亚洲狮的森林保护区。吉尔森林原来的面积约为 5,000 平方公里。如今，该保护区总面积为 1,412 平方公里，其中核心区域为 258.71 平方公里，为吉尔国家公园。周围有一个缓冲区来监控和调节溢出。

吉尔狮子的现状

狮子数量从 1913 年的约 20 只增加到 2024 年的 674 只。有时，狮子会走出公园寻找食物和水，被偷猎者的陷阱抓住并死亡。

当然，在非洲也可以看到很多狮子。但非洲的狮子并不是亚洲狮，而是它的近亲非洲狮。亚洲狮更加优雅，更加威严。亚洲狮避开人类。

在所有的野生动物中，它是唯一一种只在饥饿时才杀戮并且只在饿死时才攻击人类的动物。与其非洲表亲不同，亚洲狮从不以腐尸为食。它确实是野生之王。

伦滕波尔

这个地方已经消失在历史的长河中——直到已故总理拉吉夫·甘地在这里度过了七天，包括 1986 年至 1987 年的夜晚。他住在乔吉玛哈尔（Jogi Mahal），这是一座拥有两个半世纪历史的美丽森林宾馆，该宾馆于 1992 年对公众关闭。拉吉夫·甘地爱上了这个独特的地方，并在他的倡议下开展了一项新的生态发展项目。拉吉夫·甘地将伦滕波尔从历史的长河中复活，重新摆上了印度著名的旅游路线。

伦滕波尔国家公园 – 距离斋浦尔 180 公里，位于德里 – 孟买路线上

我选择了拉贾斯坦邦萨瓦伊马多普尔的伦滕波尔国家公园去看老虎。原因是老虎是夜行动物。但在这里，老虎已经习惯了人类，它们在白天出来活动。

伦滕波尔堡

国家公园内宏伟的伦滕波尔堡是印度最古老的堡垒之一。这座堡垒是由 Kachhwaha Rajputs (Chauhans) 建造的，但其建造时间和实际创始人并不确定。

一些历史学家告诉我们，它是由萨帕尔达克沙国王于公元 944 年建造的；其他历史学家则说，它是由同一王朝的贾扬特国王于公元 1110 年建造的；还有些历史学家则认为是别人建造的。

伦滕波尔堡在拉纳·哈米尔·迪瓦（Rana Hamir Dewa）统治时期达到鼎盛时期，他于公元 1283 年成为国王。关于伦滕波尔堡最早的真实文献是《哈米拉索》(Hamirraso)，它记载了 13 世纪拉纳·哈米尔·迪瓦（Rana Hamir Dewa）的统治。阿拉乌丁·卡尔吉（Alla-ud-din Khilji）击败了拉纳·哈米尔·迪瓦（Rana Hamir Dewa）。阿拉乌丁·卡尔吉则被拉其普特人击败。

1528 年，阿克巴击败了拉其普特人。17 世纪末，莫卧儿人将这座堡垒移交给了斋浦尔的大君，大君通过不远处宏伟的琥珀堡统治着这个地方，直到我们独立。

这座堡垒雄伟地坐落在海拔 700 多英尺的台地上。它的周围环绕着几乎无法进入的防御墙。巨大的城墙周长七公里，包围着四公里半的区域。堡垒内有富丽堂皇的生活区、营房、寺庙，甚至还有清真寺。

从生活区，您可以欣赏到 Padam Talao（公园内几个人工湖之一）的壮丽景色。您可以看到鳄鱼在湖岸边懒洋洋地躺着；成群的鹿和其他动物在喝水；还可以看到许多鸟类。

堡垒内有一处泉水，名为 Guptaganga，是常年水源。从堡垒望去，可以看到周围数英里的景色。如果不看见的话就无法接近该区域。这也解释了为什么选择此处作为建造堡垒的地方。为了让进入变得更加困难，这座堡垒位于伦滕波尔国家公园中部的战略位置。

伦滕波尔国家公园

环绕堡垒的伦滕波尔国家公园因老虎而闻名。这里的老虎为全世界提供了所有已出版的老虎照片中的 95%。伦滕波尔森林是斋浦尔大君的私人狩猎胜地。1955 年，这里被宣布为萨瓦伊马多普尔野生动物保护区。但直到 20 世纪 70 年代，斋浦尔的大君才被允许在保护区内狩猎。1970 年，狩猎被彻底停止。该保护区占地面积 392 平方公里，于 1973 年被纳入"老虎计划"。伦滕波尔曾经是印度 48 个老虎保护区中最小的一个，现在也依然如此。伦滕波尔于 1980 年被授予国家公园的地位。1984 年，毗邻的森林被宣布为 Sawai Man Singh 保护区和 Kaila Devi 保护区。1991 年，"老虎计划"扩展至萨瓦伊曼·辛格保护区、凯拉德维保护区和瓜拉吉野生动物保护区，将老虎保护区的面积有效扩大至 1334 平方公里。

我第一次看到老虎

老虎只分布在亚洲。（非洲没有老虎）。一百年前，这里约有五万只老虎。到了 1970 年，它们的数量减少到约 2000 只。老虎计划是印度最雄心勃勃、最成功的野生动物项目之一，于 1973 年启动。老虎的数量正在增加。

我在伦滕波尔呆了三天。我每天都能看到老虎——总共七只——而且距离很近。我看到一只母老虎在水坑里洗澡。我在路边看见一只母豹带着三只幼豹在嬉戏。我的旅行非常成功。

老虎需要大量的食物。这里有大量的斑鹿（梅花鹿）、水鹿（印度最大的鹿）、蓝牛羚（印度最大的瞪羚，也称为蓝牛羚）和大量的野猪——这些食物足以让数量可观的老虎安然无恙。1991 年，伦滕波尔国家公园内有 45 只老虎。但偷猎却造成了损失。数量下降了。幸存的老虎变得极度警惕。看到老虎也变得困难了。

情况已经有所改善。共有 75 只老虎。而且它们不怕人类。感谢已故的伦滕波尔国家公园第一任实地主管法提·辛格·拉托德（Fateh Singh Rathod）等人的努力，他毕生致力于老虎的保护和当地村民的警惕性，偷猎行为基本得到遏制，老虎数量也在稳步增加。我有幸与这位伟人共进晚餐。

桑德班的老虎（距加尔各答 100 公里）

浩瀚的恒河与布拉马普特拉河在孙德尔班地区注入孟加拉湾，使整个地区成为世界上最大的三角洲，面积达 75,000 平方公里（30,000 平方英里）。孙德尔班地区还拥有世界上最大的连续红树林。

这里的一棵红树林因该地区而得名。桑德班（Sunderban）一词意为*桑德里森林*，由两个词组成：*Sundari*（一种红树林 - *Heritiera fomes*）和 *Ban*（森林）。

孙德尔班地区有 10,200 平方公里的红树林保护区，其中 4,200 平方公里位于印度（西孟加拉邦）。其余 6000 平方公里位于孟加拉国境内。

印度孙德尔班 – 9,630 平方公里

印度另一片 5,430 平方公里的非森林有人居住地区，位于红树林的北部和西北部，也被称为孙德尔本斯。印度桑德班地区的森林和非森林面积合计为 9,630 平方公里。

面积达 9,630 平方公里的孙德尔班地区纵横交错，河流、支流、河口、小溪和水道纵横交错，70% 的面积被咸水覆盖。老虎已把这片不适合居住的地区当成了自己的家。桑德班老虎保护区是世界上唯一一片老虎栖息的红树林。

1973 年，印度政府根据 1972 年《野生动物（保护）法》将该片 2585 平方公里的区域指定为桑德班老虎保护区，并将其纳入"老虎计划"的范畴。1977 年，该地区被升格为野生动物保护区。

1984 年 5 月 4 日，1,330 平方公里的核心区域被授予国家公园地位。1987 年，联合国教科文组织将该公园列为世界遗产。桑德班老虎保护区内有 100 只老虎，比世界上任何其他老虎保护区的老虎数量都多。但由于地形、面积广阔，在这里很难发现老虎。我参观了孙德尔班斯，几乎没有想到会看到老虎，因为那里有独特的生态系统和红树林。我所看到的只是一些脚印。一只老虎曾造访过森林宾馆周围的区域。

孙德尔班三角洲上纵横交错着众多河流、小溪和运河。海水随潮汐涨落。每天两次，海水涌入又流出，使该地区成为最难以居住的地形之一。这里的大多数生物——无论是动物还是植物，无论是陆地还是水生生物——都已经发展出了独特的适应能力以求生存。例如，这里的老虎是一名游泳健将。它已经学会了捕鱼。红树林已经发育出特殊的气生根，以在这种地形中生存。船长鱼在泥滩上浮出水面。

我住在森林里的 Sajnekhali Lodge。我坐渡船在小溪和水渠周围游玩了三天。我看到了许多动物、鸟类和其他生物。一天晚上，我听到了老虎的吼叫声，但没有看到他。我没看见孙德尔班老虎。

建 议

参观孙德尔班斯是一次独特的体验。一趟无目的的旅程。远离文明，来到强大老虎的神秘土地。您可能看不到神出鬼没的老虎，但您将非常享受在这里的 2 至 3 天的住宿。完全不一样！

卡齐兰加国家公园（距离古瓦哈提 239 公里，距离乔尔哈特 97 公里）

卡齐兰加国家公园是印度大角犀牛（Rhinoceros unicornis）的栖息地。卡齐兰加国家公园拥有世界上三分之二的独角犀牛。

我在仲夏时节参观了这个公园。草很稀疏。我们乘坐吉普车旅行，因为所有的大象都已经被预订了。我们看到了第一头犀牛。这是一只雄伟的雄性动物。他看上去更像是一辆装甲坦克，或者是一个化石时代留下来的遗迹，而不是当代活着的哺乳动物。

当我们经过他身边并继续咀嚼草时，他抬头看着我们并微笑（但老实说，我不太确定）。

柯松夫人 – 犀牛的仙女教母

然后我想起了美丽的柯松夫人。她是卡齐兰加犀牛的仙女教母。事实上，她是卡齐兰加国家公园的仙女教母。1904 年，玛丽·维多利亚夫人 时任印度总督的寇松勋爵(Lord Curzon)之妻寇松 (Curzon) 从她在阿萨姆邦的英国茶农朋友那里听说了卡齐兰加的犀牛。她参观了该地区。但她所能看到的只是一些三趾动物的脚印。她说服寇松勋爵采取措施保护他们。

1905 年 6 月 1 日，政府发布初步通知，宣布打算将卡齐兰加的某些区域宣布为保留森林。卡齐兰加不断扩大，1974 年 2 月 11 日，印度政府宣布占地 430 平方公里（166 平方英里）的野生动物保护区为国家公园，并将其更名为卡齐兰加国家公园。2005 年 6 月，卡齐兰加国家公园庆祝了其成立一百周年。

不同种类的犀牛

世界上有五种犀牛。其中两种原产于非洲，三种原产于南亚。在亚洲发现的所有三种犀牛——爪哇犀牛、苏门答腊犀牛和印度大独角犀牛均处于极度濒危状态。

犀牛科动物的特点是体型巨大（是现存为数不多的巨型动物之一）。它们的体重可达一吨以上。它们是草食动物。它们具有

1.5－5 厘米厚的保护性皮肤，由呈晶格结构的胶原蛋白层构成。它们的皮曾被用来覆盖盾牌。但犀牛的脑部相对较小。

犀牛的听觉和嗅觉很灵敏，但视力较差。大多数寿命约为 60 岁或更长。他们看上去很慢。但它们的冲锋速度可以超过每小时 40 英里（赛马的速度）。

两种非洲物种和苏门答腊物种 有两个角，而印度和爪哇的物种 有一个角。

印度犀牛

几个世纪前，印度犀牛（或大角犀牛）被发现于印度北部平原的印度河、恒河和布拉马普特拉河的湿地中。如今，它们仅在印度东北部阿萨姆邦和邻国尼泊尔的少数地区发现。在阿萨姆邦，它们的栖息地仅限于两个国家公园——卡齐兰加和玛纳斯。它们被认为处于濒危状态，野外现存数量不足 200 只。卡齐兰加国家公园拥有约 2000 头独角犀牛。

号角——是壮阳药吗

犀牛因其角而被猎杀，因为角被认为是一种壮阳药（一种被认为可以增强性欲、效力和性能力的物质）。一只重 2.5 公斤的犀牛角售价约为 100 万卢比。在国际市场上，其价值是这个数额的三倍多。这导致了偷猎。

但从医学角度来看，犀牛角是由角蛋白构成的，与构成头发和指甲的蛋白质属于同一类型，没有药用或壮阳价值。

卡齐兰加的成功与危险

卡齐兰加被认为是全球所有野生动物保护工作的旗手。但也存在一些危险。偷猎是最大的威胁。雨季期间，布拉马普特拉河泛滥引起的洪水常常造成灾难性的后果。

推　　　　　　　　　　　　　　　　　　　　　　　　荐

卡齐兰加也是世界遗产。它还被国际鸟盟认定为重要鸟区，以保护鸟类物种。

除雨季外，一年中的任何时候都可以参观犀牛。

安达曼和尼科巴群岛——热带天堂

安达曼和尼科巴群岛——热带天堂
有人问我你可以在这里呆几天。
我回答了我的余生。

在我上学的时候，我曾经梦想过在一个热带天堂度假，周围是随风摇曳的棕榈树，棕榈树对着大海低语；在阳光明媚的海滩上悠闲地度过；在清澈的海水中游泳、潜水，观赏美丽而丰富多彩的海洋生物。

安达曼和尼科巴群岛拥有所有这些，甚至更多。于是有一天，我抵达了布莱尔港。这些岛屿出现在阿瑟·柯南·道尔的 夏洛克·福尔摩斯——1890 年侦探案集"四签名"。

安达曼和尼科巴群岛

安达曼群岛和尼科巴群岛实际上是印度东部印度洋上的两组岛屿，两者之间被一条宽 150 公里的十度海峡隔开，这使得两组岛屿的生活形式和文化截然不同。

这些岛屿实际上是从缅甸延伸到苏门答腊的巨大水下山脉的山峰。这片群岛由 836 个岛屿组成，其中只有 31 个岛屿有人永久居住，就像一条断了的项链，横跨 800 公里的印度洋。这两组岛屿共同构成了安达曼和尼科巴群岛联邦属地。其首都是布莱尔港。

历 史

希腊天文学家、数学家和地理学家克劳狄斯·托勒密在其公元二世纪绘制的地图中标注了安达曼和尼科巴群岛。安达曼和尼科巴群岛由于交通不便，几个世纪以来一直笼罩在神秘之中。因此，我们对它们的过去知之甚少，只知道这两个群岛数百年来曾居住着尼格利陀人和蒙古人，而且偶尔会有过往船只触碰这些岛屿。

有关这些岛屿的信息直到 18 世纪才逐渐流传到现代世界。1788 年，印度总督康沃利斯勋爵（Lord Cornwallis）考虑殖民这些岛屿。1789 年，他在康沃利斯港（现布莱尔港）附近的查塔姆岛建立了第一个英国定居点。

1857 年大起义后，1858 年 3 月，英国人在这里建立了流放地。第二次世界大战期间，1942 年 3 月 21 日至 1945 年 10 月 8 日，日本占领了安达曼群岛。内塔吉·苏巴什·钱德拉·鲍斯于 1943 年 12 月 29 日抵达布莱尔港，并于次日在布莱尔港升起了国旗。1945 年 10 月 8 日，日本向英国投降。

分格监狱 - Kala Pani（布莱尔港）

我参观了布莱尔港最重要和最受欢迎的建筑——监狱。该监狱通常被称为"Kala Pani"，因为当时前往这些岛屿的海外旅程可能会让旅行者失去种姓，这意味着被社会排斥。

该监狱被称为"牢房"，因为它完全由单独的牢房组成，用于单独监禁囚犯。这座监狱原本是一座七臂、深褐色的建筑，有中央瞭望塔和蜂巢状的走廊。该建筑随后遭到损坏。目前，七条臂膀中，只有三条完好无损。

英国统治期间，监狱里的大多数囚犯都是独立运动者和自由战士。分格监狱的部分囚犯包括 Fazl-e-Haq Khairabadi、Yogendra Shukla、Batukeshwar Dutt、Babarao

Savarkar、Vinayak Damodar Savarkar、Sachindra Nath Sanyal、Bhai Parmanand、Sohan Singh 和 Subodh Roy。萨瓦卡（Savarkar）兄弟——巴巴拉奥（Babarao）和维纳亚（Vinaya）——被关押在这里的不同牢房里长达两年。但他们彼此都不知道对方的存在。如今，这座监狱已被改建为国家纪念碑。

森林博物馆（位于布莱尔港）

我参观了林业部门维护的森林博物馆。这是一个必看的景点。这里拥有当地生长的木材样本，包括美丽的紫檀木，这种树既有浅色也有深色。我了解了这里使用的伐木方法。

人类学博物馆（位于布莱尔港）

我参观了人类学博物馆。它通过原住民使用的工具、服饰的微缩模型以及生活方式的照片描绘了原住民部落的生活。博物馆还设有一个图书馆，藏书丰富。

关于安达曼和尼科巴群岛的一些事实

90%的领土被森林覆盖。

大约 50% 的森林被划为部落保护区、国家公园和野生动物保护区。

茂盛的红树林覆盖了全岛近 11.5%的面积。

这里有超过 150 种植物和动物。

椰子产量丰富，是当地人的主要贸易和饮食产品。

巴伦岛火山（距布莱尔港 135 公里）

南亚唯一已确认的活火山是位于 3 公里长的巴伦岛上的巴伦火山。这里有一个巨大的火山口，从海面陡然升起，距离海岸约半公里，深约 150 俄丈。

最后一次喷发是在 2024 年 4 月 2 日至 3 日。游客不得登上巴伦岛。我必须从船上观看它。

尼科巴群岛

尼科巴群岛与安达曼群岛之间隔着十度海峡。尼科巴群岛由 28 个岛屿组成，面积为 1,841 平方公里。尼科巴群岛总人口为 41 万，其中 13 个岛屿上居住着约 12000 名土著部落成员，他们大多数居住在群岛最北端的卡尔尼科巴岛。

卡尔尼科巴岛是尼科巴区的首府。这是一座平坦、肥沃的岛屿，上面覆盖着椰子种植园和迷人的海滩，周围是咆哮的大海。独特的尼科巴里小屋建在高架上，入口穿过地板。要通过木梯进入。

从布莱尔港到卡尔尼科巴岛的海上航行大约需要 16 小时。

大尼科巴群岛（海上 540 公里）

这是尼科巴群岛的南端。其最南端是英迪拉角（原皮格马利翁角）。这是印度的最南端（请记住，印度的最南端不是 Kanyakumari）。加拉西亚附近的海滩是巨型革背龟的筑巢地。该岛还设有生物圈保护区。从布莱尔港到大尼科巴岛的海上航行需要 50-60 小时。

尼科巴群岛——独特的动植物群

尼科巴群岛盛产椰子树、木麻黄树和露兜树。尼科巴群岛最有趣的生物是巨型强盗蟹，它可以爬上椰子树，打开椰子并喝掉里面的汁液。

这里有长尾巴的猴子、特有的尼科巴鸽，还有仅在大尼科巴群岛发现的稀有鸟类冢雉。

异国岛屿和美丽海滩

我看到了许多海滩并参观了几个岛屿。但还有更多的岛屿和海滩可供您探索。如果您有时间和兴趣，可以从布莱尔港乘车前往最北端的迪格利普尔（Diglipur）。

这将是一次您永远不会忘记的旅程。

安达曼和尼科巴群岛的旧石器时代部落

安达曼和尼科巴群岛是世界上唯一可以看到旧石器时代（65000 年前）原始部落后裔的地方，他们已经被时间遗忘，但在这里，时间却静止了。

安达曼和尼科巴群岛上有五个原始部落。

它们是：

海峡岛的大安达曼海豹，数量约 50 只

小安达曼群岛的昂吉斯约有 101 个

安达曼南部和中部的贾拉瓦人，约有 470 名森蒂纳尔群岛的森 蒂 纳 尔 人 ， 以 及 约 70 名大 尼 科 巴 群 岛 的 Shompens 约 有 229 个

其中前四个居住在安达曼群岛。只有最后一种生活在尼科巴群岛。

安达曼群岛上的部落民的起源是黑人，具有典型的黑皮肤。尼科巴群岛上的部落民是肤色白皙的蒙古人种。

我在布莱尔港遇见了一位名叫 Onge 的人。他正在那里工作。我不仅拥有了一次难得的经历，看到了贾拉瓦人，还能够下车与他们握手，并在他们的自然栖息地为他们拍照。我在不同的地方遇见了三群贾拉瓦人。

两组都没有问题。我给了他们香蕉、饼干和爆米花，与他们握手并拍照。第三组由几名成年男性组成。它们突然变得有点敌意，变得暴力，从我们手中抢走食物，并开始在我们的车上爬来爬去。我的司机惊慌失措，疯狂地奔跑。

贾拉瓦人很健康，甚至比岛上其他现代人口还要健康，他们皮肤光滑，黑色卷发，手脚修长有力，骨骼强健。

肖姆彭人是尼科巴群岛唯一的原住民。他们厌恶与外界的任何接触。肖姆彭斯人居住在大尼科巴群岛，这是尼科巴群岛中最大的岛屿。他们和尼科巴人一样属于蒙古人种。

政府正在尽力保护和保存所有这些部落。政府正在帮助他们在自己的环境中生活，尽量减少外界的干扰和打扰。

三个岛屿重新命名

2018 年 12 月，对安达曼和尼科巴群岛进行为期两天访问的印度总理纳伦德拉·莫迪将其中三座岛屿重新命名，以向内塔吉·苏巴斯·钱德拉·鲍斯致敬。罗斯岛更名为"Netaji Subhash Chandra Bose Dweep"；尼尔岛更名为"Shaheed Dweep"；哈夫洛克岛更名为"Swaraj Dweep"。

有人问我可以在安达曼和尼科巴群岛呆几天。答案很简单。他们太好了,我愿意用我的余生来回报他们。

维多利亚——加拿大最美丽的城市

我会永远记住维多利亚，因为我可以参观维多利亚，加拿大其他一些地区无需任何签证。

维多利亚是加拿大西部最古老的城市，以其阳光明媚的日子而闻名。它位于加拿大太平洋海岸温哥华岛的南端，靠近北极圈。当我们决定从洛杉矶乘游轮去阿拉斯加时，我们选择了途经维多利亚的游轮。与大多数现代游轮一样，我们的游轮拥有五星级酒店或度假村的所有设施，甚至更多。

我们在船上有很多事情要做。在配有巨大电视的大型温水游泳池中游泳。上层甲板后方有一个健身房，从那里我们可以看到四周。节目经过精心挑选的戏剧表演。多家餐厅全天候提供各种菜单。出售各种商品的商店。

我们的游轮驶入维多利亚港。令人惊喜的是，或者说是震惊的是，我们进入港口不需要签证。天气没有让我们失望。早晨阳光明媚，天气晴朗。平静的海面在清晨的阳光下闪闪发光。因为我们在港口只有一天的时间，所以我们必须充分利用这一时间。

在几个可供选择的旅游项目中，我们选择了维多利亚精华游和托尔米山巴士游。我特别选择了这次旅行，因为虽然我在印度见过大量的堡垒，但我从未见过真正的西方城堡。我想看一个。

巴士载着我们穿过古雅的小镇，穿过美丽的道路，经过古老的维多利亚式房屋，沿着海滨，到达克雷格达罗克城堡。在途中，我们在海边停下来喝茶。周围有运河，我们看到了一些友好的海豹

克雷格达罗克城堡

根据字典中的含义和我自己的理解，城堡是领主的私人住所。我个人并不认为 Craigdarroch 是一座符合我想象的真正的城堡。然而，这座城堡是独一无二的。

它是由维多利亚州煤炭和铁路大亨罗伯特·邓斯缪尔（Robert Dunsmuir）于 1887 年至 1890 年间建造的。但这本来是作为住宅使用的。在那个年代，富人炫耀财富是一种时尚，他们通过建造豪华的豪宅来炫耀自己的财富。这座豪宅展示了主人的名望和财富。

克雷格达罗克城堡（在盖尔语中，Craigdarroch 的意思是"岩石、橡树之地"）建在俯瞰维多利亚市的山上，很好地发挥了这一作用。它自豪地向全世界宣布罗伯特·邓斯缪尔是加拿大西部最富有、最重要的人物。罗伯特·邓斯缪尔（Robert Dunsmuir）于 1889 年去世，将他的全部财产留给了他的妻子琼（Joan），琼一直住在城堡里，直到 1908 年去世。

克雷格达罗克城堡现在是一个受欢迎的旅游景点，拥有 39 间客房，采用独特的维多利亚风格装饰，配有漂亮的彩色玻璃窗、锻铁和雕花木制品。爬上 87 级台阶即可到达塔楼，从那里您可以 360 度俯瞰维多利亚市和太平洋。看看城堡内部及其内容，我们就能清楚地看到鼎盛时期人们居住在城堡中的奢华生活。

如今，非盈利组织克雷格达罗奇城堡历史博物馆协会负责维护这座城堡。该豪宅占地 20,000 平方英尺，其花园均按原样修复，为当地人和游客提供了绝佳的出游场所。

唐人街

在回来的路上，我们乘坐巴士去了托尔米山，从那里我们可以鸟瞰整个维多利亚市以及周围的海洋，然后穿过唐人街。几乎每个大型现代化城市 – 加尔各答、悉尼或维多利亚 – 都有唐人街。维多利亚拥有加拿大最古老的唐人街！

维多利亚的唐人街拥有独特的商店、店铺和狭窄的小巷，例如仅 5 英尺宽的番摊小巷。走在狭窄的街道和小巷里，您会感觉仿佛来到了不同的国家和不同的时代。这些隐秘的小巷曾是鸦片馆的聚集地。如今，唐人街已成为一个值得游览的好地方。

历史建筑

该城市保留了大量的历史建筑。其中最著名的地标建筑是不列颠哥伦比亚省议会大厦（1897 年落成）和皇后酒店（1908 年开业）。

布查特花园

很难想象，在 20 世纪初期，美丽的布查特花园曾是一个不起眼的石灰石采石场。1904 年，珍妮·布查特（Jennie Butchart）将废弃的石灰石采石场改造成了一座引人注目的下沉式花园。她按照当时大庄园的风格建造了几座独特的花园。它们唤起了一系列不同的审美体验。

布查特花园已由布查特家族代代传承。但它们保留了大部分原始设计。该花园延续了维多利亚时代的传统，随着季节的变化而改变其美丽的花卉展示。如今，布查特花园是世界首屈一指的花卉展示花园之一。

维多利亚蝴蝶园

维多利亚蝴蝶园的室内设施展出了不同种类的蝴蝶和飞蛾，还有不同种类的鸟类、鱼类、青蛙和乌龟。

蝴蝶园在印度越来越受欢迎。我们已经有一些好的了。

金溪公园

金溪公园（Goldstream Park）是每年鲑鱼产卵地的栖息地，值得一游。

太平洋海底花园

太平洋海底花园实际上是一艘 150 英尺长的船，位于内港内。我们必须走下楼梯，到达海底 15 英尺深处。在这里我们可以看到不列颠哥伦比亚省沿海地区自然受保护环境中的海洋生物。

花园中还有一个潮汐池，里面有海星和海葵。我们可以触摸这些动物。我们在海底剧场学到了很多关于海洋生物的知识。一位戴着全脸双向通讯面罩的潜水员向我们介绍了各种动物并回答了我们的问题。海底剧场的两个主要景点是狼鳗和名为"阿姆斯特朗"的太平洋巨型章鱼。

不幸的是，这个独特的地方于 2013 年 10 月 17 日关闭，动物被转移至不同的地方。

灯塔山公园

占地 75 公顷（200 英亩）的灯塔山公园深受游客和当地人的欢迎。但它更出名的是它的图腾柱。它拥有世界第四高的图腾柱，高 38.8 米（128 英尺），由夸扣特尔工匠蒙哥马丁雕刻而成。

维多利亚昆虫动物园

这个有两个房间的迷你动物园位于费尔蒙特皇后酒店以北仅一个街区，展出了大约 50 种不同的昆虫、蛛形纲动物和多足纲动物。

它拥有北美最大的热带昆虫收藏馆，并拥有加拿大最大的切叶蚁饲养场。

我们可以看到、握住并触摸不同种类的外来物种，如狼蛛、蟑螂、蝎子、竹节虫、千足虫和螳螂。

还有什么可看的

我们乘坐被遗忘的马车、双层巴士在城市里四处游览，并在维多利亚酒吧之旅中尽情喝酒。

观鲸沿海巡游

维多利亚内港有几种不同类型的游船可供您进行一些令人兴奋的赏鲸沿海巡游。游船将带您前往胡安德富卡海峡，您可以看到自然栖息地中雄伟的虎鲸、座头鲸和灰鲸。您还会看到周围许多其他生物。

黄金历史

大多数北极城市和城镇的崛起都归功于淘金热。传奇人物詹姆斯·库克船长是第一位踏上现今加拿大不列颠哥伦比亚省的非原住民。他登陆温哥华岛的西海岸，发现原住民已经生活在岛上崎岖、原始的荒野中。

哈德逊湾公司的詹姆斯道格拉斯于 1843 年创建了维多利亚城。他选择它作为哈德逊湾公司的贸易站。该哨所后来被重新命名为维多利亚堡，以纪念维多利亚女王。

1858 年的弗雷泽河谷淘金热使维多利亚成为温哥华岛和不列颠哥伦比亚殖民地的主要入境港口。淘金热现已结束。但维多利亚这个古雅的小镇如今已成为一座政府城市、一个退休人员的避风港和一个全年开放的旅游胜地。维多利亚是一座可爱的城市。我们享受其中的每一分钟。

阿拉斯加斯卡圭

阿拉斯加斯卡圭——阿拉斯加是我最终的梦想目的地——远远超出了我的想象和梦想。

阿拉斯加斯卡圭 – 克朗代克淘金热

阿拉斯加幅员辽阔,有 656,425 平方英里的荒野、山脉和冰川、海洋和湖泊以及丰富的野生动物。该地区的许多地方无法通过公路到达。因此,游客必须乘飞机或船前往大多数地方。

介　　　　　　　　　　　　　　　　　　绍

我们乘游轮从旧金山前往阿拉斯加。那时,我对阿拉斯加几乎一无所知。也许我们选择这个地方是因为我童年的记忆。当我还是个孩子的时候,我就读过勇敢的北极探险家的故事,讲述他们如何前往那些遥远的、当时未知的、未经勘探的地方,讲述他们面临的困难,讲述他们早期的船只如何被困在冰雪中,有些人如何被困了好几个月才等到冰雪融化他们才得以返回。当然,我还读过并看过极光的照片。也许是我心中潜意识里对阿拉斯加的神秘感让我选择了这个地方。

我们预订了"海上公主号"为期 10 天的往返游轮,从旧金山到阿拉斯加内航道再返回。我们经过了几个重要的城镇。船会航行一整夜,早上停靠在某个港口。前一天晚上,我们会收到有关停泊地点的详细信息以及那里可参加的活动的详细信息(

需付款）。在本章中，我将只讨论斯卡圭。一个晴朗的早晨，我们的船停泊在斯卡圭，这是我们旅程的最北端。

斯　　　　　卡　　　　　圭

幸运的是，那天阳光明媚（斯卡圭很少有晴天）。我们曾预计阿拉斯加的城镇与我们的印第安城镇相比人口会非常少。但我们很难想象，如今这里会有一个人口约为 1200 人（旺季时会增加到 3000 人）的现代化城镇。孟买一栋大楼有更多的居民！

斯卡圭是一个虽小但美丽的小镇。这里有一所学校、一所医院、一所警察局、一所邮局、一所博物馆、还有一个公园，但令人难以置信的是竟然有 20 多家珠宝店。仅凭这一点就可以看出这个地方在游客中的受欢迎程度。我们甚至还见到了一位来自孟买的珠宝店老板。他解释说，他每年都会在斯卡圭待四五个月。他在孟买度过了剩下的几个月。

斯卡圭的建筑物和道路干净且维护良好。

房车公园布局很好，维护得很好。我无法想象这样一个小镇，居民如此之少，纳税人更少，如何能够承担维护费用。

克朗代克淘金热

斯卡圭因克朗代克淘金热而闻名。1896 年 8 月 16 日，乔治·W·卡马克（George W. Carmack）和他的两位印第安同伴斯科库姆·吉姆（Skookum Jim）和道森·查理（Dawson Charlie）在兔子溪（Rabbit Creek，后来称为博南扎溪）发现了黄金，兔子溪是克朗代克河的一条支流，距斯卡圭 600 英里。他们只发现了几片金箔，但这足以引发克朗代克淘金热。淘金者纷纷涌入。

前来的十多万淘金者中，真正到达克朗代克金矿的不到四万人，真正致富的还不到一百人。有数人丧生。但这个小镇却扩张了。在其鼎盛时期，斯卡圭是阿拉斯加最大的城镇，人口超过20,000。

早期的淘金者必须穿过白色通道行走600英里才能到达克朗代克金矿。还有一条更短但更危险的路线——奇尔库特小道。英国皇家西北骑警坚持要求每个勘探者携带足够一年的食物。这相当于2000磅的补给。许多人未能在漫长而艰辛的旅途中存活下来。

1982年，由于金价下跌，开采金矿变得无利可图，金矿停止开采。现在沒有金子。但斯卡圭已经成为一个主要的旅游景点。您可以参观已废弃的克朗代克金矿，穿过350吨重的淘金船，感受矿场运营期间的活动。

白色通道和育空路线

一些有进取心的商人梦想修建铁路是很自然的。1898年5月28日，怀特山口和育空路线开始修建怀特山口和育空路线铁路。该建筑于1900年7月29日竣工。很难想象工人们必须在多么极端的条件下工作，以及工程师必须克服多么艰巨的工程挑战。

从斯卡圭到卡克罗斯（67.5英里）的白色通道和育空路线不再运载金矿石。但游客很多。我们决定参观古老的淘金小镇之一卡克罗斯。我们预订了一个套餐，其中包括前往卡克罗斯的公路旅行，并乘坐白色通道和育空路线铁路返回。

大巴沿着克朗代克高速公路行驶，这条公路与克朗代克淘金热的遗迹"98号小径"平行；穿过死马峡谷（由于疏于管理以及超载，3000头驮畜在1998年的踩踏事件中丧生）；穿过育空悬索桥，这是一座独特的悬索桥；穿过长长的隧道；越过白色通道顶峰，穿过美国边境进入育空地区（加拿大），在那里，边境皇家骑警迅速检查了我们的护照。他们没有申请任何签证。我希望全世界的护照检查人员都能如此迅速！

途中，我们穿过了折磨山谷，在美丽的图特希湖停留了几分钟，观赏了博韦岛，甚至还经过了一片沙漠。

我们的套餐包括在加拿大育空地区历史悠久的卡克罗斯村附近的 Caribou Crossing Trading Post 享用午餐。食物很棒。

店主是一位技艺精湛的动物标本剥制师，他展出了精美的动物和鸟类标本以及一些早已消失的物种的复制品。在这里，您可以乘坐哈士奇拉的雪橇，或者试试淘金的运气。

卡克罗斯没有护照办公室。游客可以在自己的护照上盖章，作为曾经参观过该地的证据。

回程时，我们登上了窄轨白色通道和育空路线火车。白色通道和育空路线被恰当地称为"世界风景铁路"，是一个主要景点。我们看到了美丽的山脉和冰川，还有数百万年前冰川在较低的海拔处雕凿出的碧蓝湖泊。那里的风景真是令人叹为观止。

好　　　　　　　　莱　　　　　　　　坞

白色通道吸引了众多电影制片人和作家。迪士尼团队于 1980 年至 1981 年间在白色通道拍摄了电影《狼来了》。作家肯·克西以阿拉斯加的一个虚构小镇为原型创作了小说《水手之歌》。

斯卡圭交通

居住在像斯卡圭这样的小镇是一大优势。您只需步行 10 至 15 分钟即可从小镇的一端到达另一端。您不需要任何车辆。我确信斯卡圭的每位居民都认识镇上的其他居民。

我们在小镇里散步，参观了后街上的大部分历史遗迹，并沿着历史悠久的百老汇大街漫步。

景　　　　　　　　　　　　　　　　　　点

如果有时间，您可以乘坐喷气快艇前往巨大冰川的底部，或者乘坐直升机飞越冰川。您可以进行一些攀岩或徒步旅行。您可以乘坐由传奇哈士奇拉着的雪橇，或乘坐高空滑索在天空中飞驰。当然，你可以去森林里露营几天。

到达那里
乘船

许多游轮公司都提供从美国不同城市前往斯卡圭的游轮套餐，这是游览斯卡圭的最佳方式。阿拉斯加海上公路系统 – 州渡轮系统 – 拥有一支现代化的运载车辆的船队，服务于整个阿拉斯加东南部。每艘船都设有观景休息室、酒吧、自助餐厅和日光浴室，可免费露营。这是游览 3,500 英里海岸线上各个地方的最佳方式之一。

乘飞机

最近的大型机场是朱诺 – 位于斯卡圭以南 100 英里处。每天都有从西雅图和安克雷奇飞往朱诺的定期航班。根据天气情况，有螺旋桨飞机从朱诺飞往斯卡圭的定期航班。

陆路交通

有些人乘汽车或其他车辆出行。但他们必须用船来运送车辆。

结 论

为了真正享受这个地方,请尝试从朱诺飞往斯卡圭,然后乘船返回朱诺或其他地方。

我们发现斯卡圭简直太棒了。我们在古老的金矿之路上看到了各个景点。我们看不到北极光。因为时间还太早,所以还看不到它们。也许我们会在寒冷的冬季回到阿拉斯加去看北极光。

泰国沙美岛

在泰国的一些地方钓鱿鱼和潜水

沙美岛最好的海滩。

沙美岛——泰国最美的海滩之一

我爱泰国。2005 年退休后,直到 2019 年,我每年至少去泰国一次。大多数前往泰国的游客都会参观曼谷、芭堤雅和普吉岛。但泰国最棒的地方在于,从曼谷美丽的素万那普国际机场出发,只需几个小时便可前往几个令人兴奋的地方。我参观过几个不同的地方并撰写过有关它们的文章。

您可以游览海滩、岛屿、山脉和森林,享受各种休闲活动 - 徒步旅行、长途跋涉、浮潜、水肺潜水、划船、钓鱼、滑翔、钓鱿鱼等。当然,到处都有美妙的印度教和佛教寺庙。几乎所有地方都设有水疗、美容和按摩设施。如果您喜欢植物和动物,这里有很多森林和野生动物。而且泰国距离印度比较近,物价也比较便宜。

沙美岛 - 泰国最美的海滩

在本文中,我将介绍沙美岛(也拼写为 Koh Samet)———个小岛——距离曼谷素万那普国际机场仅 230 公里，或两个半小时车程。

沙美岛有大约二十几个海滩，包括泰国最好的一些海滩——闪闪发光的白色细沙、湛蓝的海水、美味佳肴、迷人的悬崖和民间传说。我是严格的素食主义者。我甚至不吃鸡蛋。但在泰国，食物从来都不是问题。

当我们出去度假时，我们会租一辆车。我儿子开车。我们从曼谷机场租了一辆车。我们开车前往罗勇，途经芭堤雅，然后开车前往斯里班菲码头。码头有一家可爱的餐厅，Sribanphe Seafoods。您可以在这里品尝美味的海鲜和泰国美食。您还可以从码头的信息中心预订酒店并获取旅游信息。

没有定期渡轮服务运送车辆前往沙美岛。因此，像大多数游客一样，我们把车停在大陆的 Sribanphe 码头，然后乘坐快艇前往沙美岛。

沙美岛最近且最受欢迎的渡轮码头是"Na Dam"码头。它位于一个小村庄，通常被称为沙美岛村（Koh Samet Village）。从这里您可以乘交通工具前往沙美岛的任何地方。不用担心车费。所显示的价格是由相关协会自愿确定的，他们会严格确保没有收费过高。

但岛东南侧的海滩更美丽。因此我们前往了 Laem Yai，它位于 Haat Sai Kaew（意思：Haat = 海滩；Sai = 沙子；Kaew = 水晶——最好的海滩）旁边。两个海滩上有三四家不错的度假村。

我们选择 Vimarn Samed 是因为它的地理位置。Vimarn Samed 坐落在一座小山丘上，俯瞰大海，景色优美。我们一家六口。我们没有租两间房或一间大型复式小屋，而是租了一间以传统泰式风格布置、地板上铺着床垫的大小屋。最多可容纳 10 人。

在海里洗澡和游泳

海滩很美丽。您可以在海里洗澡、游泳、嬉戏。

您可以享受经过培训的按摩师的服务,他们将为您提供各种按摩。

四处旅行

沙美岛是一个小岛。几处美丽的海滩通过简陋的小路连接在一起。所有海滩都有指示牌指示下一个海滩。您可以从一个海滩步行到另一个海滩。或者您可以租一辆自行车或摩托车。或者乘坐敞篷马车或小船四处旅行。

我们乘着一艘大船环游了整个岛屿。我们的套餐包括午餐、茶和咖啡、两个地点浮潜以及参观政府养鱼场。

浮潜

我们参观了岛屿周围的一些珊瑚礁。可悲的是,渔民们用炸药捕鱼的方式破坏了大片区域。但现在珊瑚礁正在显示出恢复的迹象。

政府鱼场

政府养鱼场收藏了大量海龟、水母、不同种类的鲨鱼以及一些其他鱼类。您可以乘船前往。

在海滩上用餐

有一件事总是让我印象深刻。泰国人热爱美食!我暗自相信他们大部分的空闲时间都花在吃饭上。即使您没有很多钱,您也可以在路边小摊上以合理的价格买到各种热气腾腾的食物。许多泰国工作者发现外出吃饭比自己做饭非常方便。这样，他们就可以获得多种多样的选择。回到沙美岛，海滩上遍布餐厅。当太阳落山的时候，餐厅就像星星一样闪闪发光。他们展示了各种各样的食品。我们找到了一间有 Dhaba 式座位的餐馆。

在泰国，吃饭不必着急。您吃得很慢，品尝各种各样的食物。然后用酒把它们冲下去。当您躺在沙滩上的帆布床上，在晴朗的月光下，听着海浪轻柔舒缓的声音感到困倦时，您几乎不会不觉得生活是如此愉快。

捕捞鱿鱼

我以前从来没有见过钓鱿鱼。事实上，我之前从来没有见过活的鱿鱼。因此，当我在路边看到海钓和捕捞鱿鱼或钓鱿鱼的广告时，我就预订了一艘渔船的座位。

这艘船白天用于观光旅游。到了晚上，它就变身为深海船或鱿鱼捕捞船。船驶入大海并抛锚了。船夫们在船的两侧挥动着大鱼竿，并打开了挂在鱼竿上的一些明亮的聚光灯。他们给我们递来一根没有任何活饵的鱼竿，并要求我们一旦感觉到有鱼咬钩就把鱼收起来。

虽然这是我们第一次尝试钓鱿鱼，但大约一个小时后，我们就钓到了四条鱿鱼。船夫们随即将一张大渔网放入海中，收起锚，并开动船。过了一会儿，他们把网收起来了。

有很多不同种类的鱼。船员们开始准备晚餐。他们把船停泊在海中央的一个浮动码头旁。我们爬出来并在浮动码头上吃了晚餐并喝了啤酒。这是一次极其愉快的经历。

Khao Laem Ya - 沙美岛国家公园

1981 年，泰国林业部宣布 Khao Laem Ya 岬角（包括 Lam Ya

山脉)、长达 11 公里的 Had Mae Rumpueng 海滩——罗勇海岸和沙美群岛(包括沙美岛、Koh Chan 岛)的海滩、Koh San Chalam、Koh Hin Khao、Koh Kang Kao、Koh Kudee、Koh Kruoy 和 Koh Plateen)作为"Khao Laem Ya - 沙美群岛海洋国家公园。

您可以参加由沙美岛、古迪岛和蓝雅山的不同行程组成的生态旅游。

野生动物

野生动物包括巨蜥、长尾猕猴和不同种类的松鼠。一群大型食果蝙蝠,又名"狐蝠",生活在 Koh Thalu 岛上。这里有各种各样的鸟类,包括几种筑巢的燕鸥、苍鹭和犀鸟。

美丽的环境

一个半世纪以前,这个岛屿启发了泰国诗人顺通普(被誉为泰国的莎士比亚)创作了他最著名的史诗《帕帕玛尼》——一个关于王子、圣人、美人鱼和巨人的故事。根据史诗中的描述,这座美丽的岛屿为主人公提供了庇护,使他免遭一位失恋巨人的伤害。

她伤心欲绝,死在了岛上晶莹的沙滩上。

到达那里

沙美岛距离曼谷约有两个半小时的车程,距离热门的海滩度假胜地芭堤雅约有一个小时的车程。回来的路上,我们在芭堤雅住了几晚。

推   荐

沙美岛因岛上随处可见的沙美树（又称白千层树）而得名。如果您喜欢海滩，您一定要去沙美岛。如果您的团队中有人懂驾驶，可以考虑租车并驾驶。但别忘了从印度取得国际驾照。您可以从当地汽车协会或最近的区域交通管理局轻松获得它。

您会惊讶地发现，沿途有很多加油站，里面有库存充足的空调商店，出售各种饮料、食品和日常用品。还有整洁干净的厕所。

我儿子一直抱怨说，即使吃饱了，我们也会在途中的每个加油站停下来购买水果和各种东西，然后一路上继续吃东西。令人惊讶的是，即使吃了这么多，我们的体重也没有增加。事实上，我们确实损失了一点。原因是泰国人在烹饪时不使用太多的油和脂肪。

您可以从以下网站获得有关该岛和其他信息的更多详细信息：

https://www.tourismthailand.org/Destinations/Provinces/Ko-Samet/468

马来西亚兰卡威岛

马来西亚兰卡威岛 – 无辜的玛苏丽岛和她的诅咒。

沙鲁克汗的电影《唐》于 2006 年在吉隆坡和兰卡威岛拍摄。有些游客喜欢参观这些与电影相关的地方，旅行社也提供前往这些地点的旅游套餐。原因很简单，因为电影制作人进行了广泛的研究来寻找最佳拍摄地点。

例如，印度一家领先的旅行社正在推出前往兰卡威、云顶公路和吉隆坡的五晚六日游（包括参观双子塔和清真寺路的当地游），机票价格约为 60,000 卢比。真便宜啊！

所以我们决定去马来西亚旅游。我们从孟买飞往吉隆坡。在吉隆坡呆了三天后，我们飞往槟城。有几趟廉价航班，但为了观赏赤道以南的乡村风光，我们乘坐了 NICE 巴士。这些巴士配有空调，座位宽敞，如同飞机一样，并在旅途中提供饮料和便餐。

路况非常好。五个半小时的车程中，时不时下雨。我们穿过美丽的乡村——郁郁葱葱的绿色稻田、茂密的赤道森林、云雾缭绕的山脉，沿着大海前行。

从槟城到兰卡威有直达的渡轮服务，但我们决定走一条更冒险的方式。我们乘渡轮过海，转乘两辆巴士和一辆出租车，最后乘另一艘渡轮到达兰卡威。

兰卡威并不是一个单独的岛屿，而是由 99 个岛屿组成的群岛，隔着马六甲海峡与马来西亚大陆相望。大多数岛屿无人居住。只有少数地方可供游客参观。

兰卡威岛

主岛为兰卡威岛（Pulau Langkawi）。"Pulau"意为岛屿，"Langkawi"则源于两个词："Helang"（马来语中的鹰）和"kawi"（梵语中的褐色石头）。岛上有大量的老鹰和独特的石头形态。随着时间的推移，"Helang-kawi"逐渐被缩写为"Langkawi"。瓜镇渡轮码头上有一尊巨大的栗鸢雕像，欢迎游客来到兰卡威岛。

关于这个岛有好几个传说。根据最流行的传说，大约两个世纪前，一位美丽的少女玛苏丽住在这里。她的敌人诬告她通奸，她被刺死。白色的血从她的伤口处渗出，证明着她的清白。濒死的玛苏丽诅咒了这座岛屿，让它七代都荒芜下去。您可以在兰卡威（距瓜镇 12 公里）的玛苏丽陵墓了解她的历史。当地人认为第七代已经结束了。兰卡威是一个不起眼的小村镇，居住着农民和渔民。1986 年，总理马哈蒂尔·穆罕默德将其改造成一个主要的免税度假胜地，并修建了国际机场，有来自世界各地的航班。兰卡威是一个热门的旅游目的地。

2023 年，马来西亚兰卡威接待了 282 万游客，收入达 9.18 亿美元。

瓜　　镇

兰卡威岛的主要城镇是瓜镇，位于岛的东南端。瓜镇是渡轮的主要出入口和航行地点，也是前往邻近岛屿的航行地点。

珍南海滩（距瓜镇 18 公里）

兰卡威有几处美丽的海滩，但最受欢迎的是珍南海滩。两公里长的海滩沿岸设有各种度假村、豪华酒店、公寓、餐厅和商店。在其中一个餐厅里，我甚至遇到了一位来自孟买的服务员。

我们在海滩对面租了一套大公寓。它拥有宏伟的宴会厅、宽敞的房间以及一个带瀑布的美丽游泳池，以绿洲主题建造，而且价格便宜。

海底世界

珍南海滩的海底世界是亚洲最大的海洋和淡水水族馆之一。它展示了各种各样的鱼类和海洋生物。穿过隧道时您可以观察到大型鱼类、鲨鱼、黄貂鱼和海龟。您还可以看到不同种类的水獭。

缆车

该缆车于 2002 年 10 月向公众开放，是世界上最长的自由跨度单绳缆车系统。它始于兰卡威岛西北部的东方村，穿越 2.079 公里的雨林，经过 Telaga Tujuh 瀑布，直至兰卡威第二高峰 Ma Chinchang。

这是世界上最陡峭的骑行。有时，你会以 42 度的角度上升。第一站和观景塔位于高处约 600 米处。您可以下来欣赏一会儿风景，然后再继续往上走。

但从山顶看到的风景更加迷人，日落美景令人难以忘怀。从山顶上，您可以俯瞰整个岛屿的景观、近海岛屿、安达曼海和远处的海洋。在晴朗的日子里，您可以看到北部的泰国部分地区和西南部的印度尼西亚。

当你乘坐缆车向上行驶时，你可以感觉到温度急剧下降。山顶的天气难以预测。天空可能突然变暗，并下起倾盆大雨。此时，缆车服务将停止。这就是我们所发生的事情。我们第二天就得回来。

您可以步行穿过横跨马钦昌山和邻近山脉的 125 米弯曲人行钢桥，这是一项独特的建筑成就。从桥上看，你会看到同样的东西，但却是从不同的角度看。

该地区是两个独特的地质公园的一部分，由 5.5 亿年前的变质岩形成。这里有一个小型博物馆，您可以在那里看到公园的标本并了解它们。东方村本身就是一个野餐的好地方，有很多商店、餐馆、大湖泊等。

巴雅岛海洋公园（50 公里）

巴雅岛海洋公园是马来西亚第一个海洋公园。它由四个岛屿组成：巴雅岛、伦布岛、塞甘唐岛和卡卡岛。

我们去了巴雅岛（Pulau Payar）一日游。喂食鲨鱼真是太棒了。饲养员用手喂食鲨鱼。我的儿子一直想和鲨鱼一起游泳，他真的和鲨鱼一起游泳了。有一次，我能数出他周围有六条以上的鲨鱼。这是相当危险且令人紧张的，但我儿子的梦想实现了。

我们在海里游泳并浮潜。水中确实充满了鱼。然后我们去岛的另一边观赏珊瑚花园。在这里我们看到了珊瑚、海鳗、石斑鱼、黑鳍鲨、小丑鱼和许多其他海洋生物。马来西亚政府不允许在岛上开设任何餐馆或酒店。也没有淡水。游客必须自带食物和饮料，并带回所有垃圾。我希望我们能在印度做到同样的事情。

其他景点

还有很多其他地方值得观赏和探索。其中一些比较重要的有：

Air Hangat Village – 位于瓜镇西北 14 公里处。这个现代化的建筑群拥有三层温泉喷泉和一幅 18 米长的手工雕刻的河石壁画，描绘了有关该地点和纪念品商店的传说。

Taman Lagenda（或公园传奇）是一个占地 50 英亩的风景公园，拥有 17 座纪念碑，每座都有自己独特的故事，还有 4 个人工湖、一个人工海滩、公园和精心修剪的美丽花园。

Telaga Tujuh 或七井瀑布，有七层天然水池，水流倾泻而下。您可以在这里沐浴和游泳。

夜市相当受欢迎。每周的每一天，岛上的某个地点都会举办一个夜市。请查看旅游指南。

该岛最北端的丹绒鲁（Tanjung Rhu）拥有石灰岩洞穴和无人居住的岛屿。这里有红树林、水道、石灰岩峭壁和沙滩。

孕妇岛，位于兰卡威岛西南部。岛中央有一座美丽的大湖，名叫孕妇岛，据说有神奇的力量。据说这水可以使不孕妇女恢复生育能力。这里的水也非常适合游泳。这里还有一个名为 Gua Langsir 的洞穴，里面居住着成千上万只蝙蝠。

鸟类天堂拥有亚洲第一条全覆盖步道，其中收藏着多种常见鸟类和珍稀鸟类。

鳄鱼园拥有超过 1000 条不同种类的鳄鱼。

推 荐

兰卡威是一个免税岛屿，拥有许多值得观赏和探索的地方。此外，这里还有大量未开发的岛屿和美丽的石灰岩地貌。您可以参加在大海、河流和红树林小溪中进行的全天巡游。您可以进行浮潜、水肺潜水、划船、游艇、钓鱼、徒步旅行以及许多其他水上运动。

大约三个小时就可以开车环游兰卡威岛一圈。如果您会开车，可以租一辆自驾车。租金低。七月至九月中旬季风期间请避开该岛，因为那时海面会变得波涛汹涌，游轮可能会暂停。您可能不得不减少户外活动。马来西亚机场对于摄影的限制很少。您可以拍摄机场、跑道和飞机的照片。

我从来不明白印度对空中、海上和机场摄影的严格限制的逻辑，因为任何人都可以拍摄它们，即使在数百英里之外。

悉尼——澳大利亚的展示地

澳大利亚在许多方面都是独一无二的。它位于赤道南侧。那里的气候与北半球的气候相反。十二月（我们的寒冷月份）很热，六月（我们的炎热月份）很冷。澳大利亚与其他各大洲相距甚远，因此那里的动植物与世界其他地方完全不同。

几年来，我们一直计划在澳大利亚秋季四月去黄金海岸度假，并参观大堡礁。但是我们太喜欢黄金海岸并且在这里停留太久了，结果发现我们的时间已经不够了。我们需要尽可能多的时间来探索大堡礁。我们无法更改日期，因为返程票不可退款。我们决定不去大堡礁，而是前往悉尼。

我们在中央火车站附近查尔默斯路的中央铁路汽车旅馆预订了一套公寓。它位于悉尼市中心，交通便利。但在那里住了三天之后，我们转移到了 Goldsborough Apartments———一座俯瞰达令港的美丽古建筑。在旅行中，我们总是租用带有小厨房和自助洗衣店的大公寓。我们也做一些烹饪。这样，我们节省了很多钱，可以用在其他地方。

达令港

达令港（Darling Harbour）是游客的天堂。很难想象在不久的过去，这个充满活力的地方曾经是一个不起眼的小船坞。1984 年，新南威尔士州政府宣布决定在四年内开发该地区。是的，他们只做了这些。该地区已发展成为世界上最好的休闲海滨之一。

海港本身有一个美丽的水族馆、动物园、Imax 影院、许多商店和餐馆。除了公路旅行外，还有其他三种出行方式可供选择

（单轨列车、地铁和渡轮）。我们购买了联票，可以让我们一周内无限次乘坐单轨列车、地铁、渡轮和公共汽车。太方便了！

我们乘坐各种不同的交通工具，悠闲地上下车。这是感受任何新地方的好方法。我们花了一些时间站在码头的台阶上，只是看着游客。海鸥陪伴着我们，就像孟买海滨大道上的鸽子一样。

悉尼水族馆

悉尼水族馆是世界上最好的水族馆之一，展出了 700 种澳大利亚鱼类、爬行动物和哺乳动物，超过 13,000 只动物。

展品按地点排列——根据它们位于澳大利亚的不同地区：南部河流；北部河流；南部大洋；北部大洋；等等。我们最喜欢大堡礁海洋馆。它是大堡礁的微缩复制品。在这里，我们看到了各种各样的海洋生物和一些较大的生物——鲨鱼、鳐鱼、海龟等。我们还看到了一些地球上最有毒的生物，包括蓝环章鱼和超凡脱俗的鸭嘴兽。我们甚至看到了一对美人鱼，也被称为海牛（实际上是儒艮）。

导游解释说，全世界展出的海牛有五种，而悉尼水族馆就只有两种。

我们行走在海底——一个长 145 米（480 英尺）的丙烯酸水下隧道网络，欣赏动物和它们的周围环境。大南大洋部分收藏有澳大利亚海狮、澳大利亚海狗、新西兰海狗、加州海狮、豹海豹、企鹅和鸬鹚等精彩的动物。我们感觉自己已经踏上了南极洲。

如果您热爱冒险，专业导游将带您潜入鲨鱼群中。

悉尼野生动物世界（塔隆加动物园）

这个独特的动物园坐落在海滨的高地上。我们看见蝴蝶在植物间飞舞，景象十分美丽。下面的地面上，有乌龟和鳄鱼在沐浴着夕阳。

夜行动物部分收藏了大量澳大利亚夜行动物。一个令人惊讶但鲜为人知的事实是，超过 50% 的澳大利亚动物都是夜行动物，因此大多数人很少看到它们。

不同的区域根据栖息地展示不同的动物：食火鸡、袋鼠、小袋鼠、考拉、树蛙和大多数澳大利亚本土动物。您可以与多种动物一起拍照。乘坐缆车到达动物园顶部，然后步行下来。这是游览动物园的最佳方式。

悉尼海港大桥

悉尼海港大桥，当地人称之为"衣架"，是悉尼最著名的地标。在其建成之前，人们可以从悉尼北部的住宅区前往悉尼南部的市中心，要么乘渡轮，要么走 20 公里（12 英里）的公路路线，途经五座桥梁。

悉尼海港大桥于 1926 年 12 月开始建造，并于 1932 年 3 月 19 日正式通车。它还拥有一条铁路线。该大桥的全部造价（625 万澳元）（1350 万澳元）于 1988 年付清。然而，收费仍继续用于支付大桥和悉尼海港隧道的维护费用。谁说一切生起的事物必然消亡？税收永垂不朽！

我们爬上了桥上的塔门瞭望台，在那里我们看到了有关大桥建造的令人着迷的展示。如果您愿意，您可以参加带导游的旅行，登上海港大桥的顶部，然后穿过大桥。从山顶可以看到整个悉尼令人难以置信的美景。我在加尔各答（Calcutta）度过了人生中的四十多年。我一直觉得豪拉大桥与悉尼海港大桥非常相似。我在访问澳大利亚期间发现了原因。这两座桥有着相同的渊源。它们是由同一家公司建造的——位于英国达灵顿的克利夫兰桥梁工程有限公司

悉尼歌剧院

从技术角度来看，1973年10月开放的悉尼歌剧院是人造的现代奇迹。其独特的设计远远领先于当时的时代和现有技术。它的设计师必须解决几个新的工程问题。所有这些都推迟了建设工程，并且该项目陷入了争议。

这座大楼的设计师约恩·乌松（Jørn Utzon）因名誉受损而不得不在大楼竣工前羞愧地离开澳大利亚。他的伟大工作后来得到了认可并获得了荣誉。但他本人却未能参观悉尼歌剧院。他的病情使他无法前往澳大利亚。我们参加了为时一小时的歌剧院导览游。导游带领我们参观了整个建筑，讲述了它的历史并解释了设计师面临的各种问题。他带我们参观了音效完美的礼堂，这里经常举办演出。我们还可以看到一些幕后场景，比如集体排练。

悉尼塔

悉尼塔于1981年8月向公众开放。高速电梯仅用了40秒就把我们送到了顶层。该塔可容纳960人，并设有两层餐厅、一间咖啡厅和观景台。我们站在距城市街道250米（820英尺）的高处，绕着塔楼走一圈，像鸟儿一样俯瞰整个悉尼及周边地区——360度全方位欣赏世界上最壮观的城市之一。您可以走出防护炮塔，与专家一起走上独特的天空步道。

邦迪海滩

这个美丽的海滩距离达令港仅45分钟车程。1929年至1958年间，从悉尼到邦迪海滩曾有定期有轨电车服务。（庞大的悉尼有轨电车网络于 1961 年 2 月关闭。）墨尔本仍然有有轨电车服务（加尔各答也有，但刚刚关闭）。

从达令港出发，我们先乘坐地铁，然后乘坐巴士。邦迪以阳光、海滩、冲浪和乐趣而闻名。海滩对面有餐馆、商店、酒店和纪念品商店。

蓝山

蓝山实际上是一个很大的区域，面积达 1,433 平方公里。有 26 个镇位于悉尼以西 50 至 120 公里之间。2000 年 11 月，蓝山被宣布为世界遗产公园。

蓝山最受欢迎的旅游小镇是卡通巴。JB North 于 1879 年在这里开辟了卡通巴煤矿。他开发了缆车系统将煤炭运送到山顶。该煤矿现已枯竭并废弃。但缆车已被著名的观光铁路——世界上最陡的铁路坡度所取代。

观光铁路旁边是全新的 Sceniscender，这是澳大利亚最陡峭的空中缆车。缆车将带您穿越 545 米高的山峰，到达大蓝山世界遗产区的雨林。附近就是宏伟的空中景观步道。如果您对洞穴探险感兴趣，您可以花所有的时间去探索石灰岩洞穴 - 珍罗兰洞穴。

您可以看到美丽的天然岩层。其中最受欢迎的是三姐妹。如果您喜欢故事，请阅读《原住民梦幻时光故事》。

推荐

还有很多其他地方可以参观：
我非常喜欢的唐人街。
谊园。
达令港附近的丹尼森堡。
皇家植物园。

国王十字站。

博物馆。

在初夏时节来访悉尼。这将是非常愉快的。提前预订航班。您可以以相当优惠的价格购买机票。

尝试住在公寓里,尤其是当您的团队由3或4人以上组成时。至少需要一周时间。

澳大利亚确实与西方不同。您一定会喜欢袋鼠、鸭嘴兽、考拉等等。如果可能的话,去参观一下。您一定会爱上它、这里的动物和当地人民。

关于作者

Dr. Binoy Gupta

比诺伊·古普塔博士（Dr. Binoy Gupta）曾任印度政府高级官员，现已退休。他拥有法学博士学位以及大量研究生学位和文凭。他著有数本书，撰写了数百篇文章。他去过从阿拉斯加到澳大利亚的多个地方。

这本书是他真诚的尝试，旨在让读者了解一些他可能永远不会去的地方。让读者了解自己在忙碌的日程中可能会错过什么。

这本书不仅仅是一本简单的旅行书。它将带领读者参观作者曾经访问过并享受过的几个有趣的地方，从而带来一次有教育意义的旅行。

孩子和家长都会发现这些内容很有趣、信息丰富且具有教育意义。享受这次旅程。

www.ingramcontent.com/pod-product-compliance
Lightning Source LLC
LaVergne TN
LVHW041541070526
838199LV00046B/1777